EL OJO DE LA MENTE

LA SAGA HACIA EL CIELO
LIBRO 2

A.R. KNIGHT

CAPÍTULO 1

NUEVOS IMPERIOS

EL ESTANQUE NEGRO BURBUJEA, estalla y se agita frente a mí. Un par de trabajadores bronceados, envueltos en tela, barren con largos palos la misma mezcla que me había traído a mi dios, manteniéndola en movimiento, acercándola a lo que necesitamos.

Bien hecho.

Sonrío mientras miro alrededor de la cámara, con las paredes revestidas de antorchas encendidas, y veo un segundo estanque que se llena lentamente mientras más trabajadores vierten cubos de la mezcla en un pozo de piedra. Los alquimistas crean cada nuevo lote de la mezcla; una combinación de plantas, minerales y agua.

Mis compañeros dioses estarán felices. Orgullosos de lo que has creado.

Ignos habla mucho sobre sus compañeros dioses ahora, pero eso no es lo único que ha cambiado.

Con el Cache, la gente que me llama Emperatriz está creando un milagro tras otro. Es como ver crecer una selva quemada por el fuego: algo completamente diferente emerge del paisaje. Mi gente, nuestro mundo está cambiando. Las palabras me saben extrañas. *Mi gente.* Los Charre eran, no hace mucho, enemigos. O, en el mejor de los casos, adversarios de los que había que tener cuidado cuando irrumpían en la selva hacia mi aldea.

Ahora, gritan mi nombre cuando camino por los mercados. Beben cada palabra que predico. Toman cada una de mis órdenes como un sueño.

Hace meses, era una chica de dieciséis años sin un futuro real. Una pequeña tribu Solare esperando que algo sucediera. Ahora, me llaman un par de sacerdotes y me dicen que es hora de dirigir una ceremonia.

Dejo los estanques, siguiendo el rastro de antorchas hacia arriba y fuera del templo. Cuando Ignos me diga que están listos, usaremos un dispositivo que mis metalúrgicos están fabricando para enviar un mensaje a donde los otros dioses se están quedando. Les diremos que es hora de volver a casa.

Cuando lleguen el resto de los dioses, entonces verdaderamente todos verán como yo he visto, sabrán lo que yo sé, y toda mi gente será salvada.

No sé sobre esa parte, pero no tener que luchar por la comida, no tener que arrancar los corazones de los cautivos y rezar por la lluvia, eso suena bastante bien.

Aun así, no soy una Emperatriz de la nada. La evidencia de la destreza de mi gente se exhibe mientras subo los duros escalones de piedra hacia la cámara principal del Vaos. Las ventanas a ambos lados dejan entrar la luz desde ángulos precisos para que un resplandor dorado lo llene todo. El calor viene con él, reconfortante después del aire fresco del subsuelo. El incienso, que arde en varios pequeños frascos alrededor de la cámara, oculta el olor almizclado de una ciudad en pleno crecimiento.

Hay algo nuevo colgado en las paredes: tres globos

transparentes con bases negras sujetas a la piedra. Me acerco al primero y presiono una pequeña área redonda y elevada cerca de su parte inferior. El globo parpadea, con chispas verdes que surgen de su interior. Después de un momento, se estabilizan, manteniendo una cascada que ilumina la habitación.

—Un chispeador, Emperatriz —dice uno de los sacerdotes siempre presentes que esperan mis órdenes—. Un nuevo milagro, aunque este es de nuestra propia creación.

—¿Nuestra propia?

—La inventora tomó lo que el Cache proporcionó e hizo sus propias modificaciones, Emperatriz. —El sacerdote hace una profunda reverencia—. Mencionó que si desea que se detenga, solo necesita soltar el botón.

Lo hago, y las chispas se apagan inmediatamente.

—Dile a esta inventora que venga pronto. Necesito felicitarla.

Tu gente está creciendo, Emperatriz. Estoy impresionado.

Sonrío ante la voz en mi cabeza. Ignos no habla tanto estos días. Está, me dice, tirando y desmalezando más información del Cache. Una vez que los estanques estén listos, las cosas se moverán rápidamente y él necesita estar preparado. Cuando le pregunto para qué, no responde.

Me gusta cuando habla conmigo. Ignos es el único que realmente sabe, después de todo, quién soy. De dónde vengo. Él mantiene nuestro gran espectáculo en marcha. Evita que mi gente descubra quién soy realmente.

Alzo la mano y ajusto el tocado de esmeraldas para que se ajuste más cómodamente. El chal sobre mis hombros es igualmente verde, un homenaje a mis orígenes. Uno de los pocos que me permito. No puedo ser vista como una Solare. No puedo ser vista como menos que la gente que lidero.

—Están listos para ti. —Mi general y comandante principal, y mi amigo, Malo se une a mí en la cámara. A la melena de león que enmarca su rostro y hombros, ha añadido una fina túnica blanca y dorada, símbolo de su rango. Creo que se ve mejor con la simple falda de un luchador, pero bueno, yo vengo de una aldea simple—. Solo adoración hoy, Emperatriz.

—No me llames así —respondo—. Sabes mi nombre.

Malo esboza una sonrisa.

—Lo sé. Pero ahora, especialmente ahora, tienes que ser una líder. Y una líder necesita su título.

No discuto, porque tiene razón, como en la mayoría de las cosas. Así que sigo a Malo mientras camina delante de mí. Tan pronto como aparece en el umbral de las grandes escaleras, con su piedra gris moteada extendiéndose frente a él, suenan los cuernos. Un vítore se eleva, uno que continúa y crece cuando me uno a Malo. Cuando levanto mis manos hacia la multitud.

Miles se agolpan en la plaza alrededor del Vaos. Por un momento no puedo resistirme, y miro hacia arriba detrás de mí a los altares gemelos, subiendo esos muchos escalones. Brillan en la luz del mediodía de Ignos. Cada uno de esos altares contiene un prisionero. Los atrapados conspirando contra mí.

No a todos los Charre les gusta la idea de que yo lidere su imperio.

Una vez, había querido poner fin a los sacrificios. Nunca había disfrutado sostener el cuchillo de vidrio negro, haciendo los cortes. Ignos, sin embargo, me advirtió que esperara. Me dijo que tales ceremonias podrían ser útiles. Él tiene razón.

Subo los escalones, con la multitud vitoreando detrás de mí. Hoy, estoy agradecida. No seré yo quien empuñe el cuchillo. En su lugar, un par de sacerdotes más jóvenes cargarán con la responsabilidad. Nuevos en mi orden, y ellos serán quienes hagan los cortes.

Observo, y ocasionalmente miro sobre el mar de rostros sonrientes y animados, y esta vez cuando pronuncio los ritos y oraciones, añado nuevos. Les digo a mis seguidores que crean, que se preparen, porque su tiempo está cerca.

Ignos viene por ellos.

CAPÍTULO 2

LOS CAZADORES

SAX ADMITE que este es uno de los planetas más hermosos que ha visto jamás. Desde el espacio, los remolinos blancos que se superponen a grandes extensiones azules contrastan con los continentes marrones y verdes. Los colores de la vida.

Y la vida mezclada con los Sevora significa peligro.

—Informe, ¿cuánto tiempo llevan aquí los Sevora? —pregunta Bas, su compañera, a la línea de terminales frente a su cuerpo color oro rosado. Mucho más fascinante que el propio gris brillante de Sax, una de las muchas razones por las que Sax está infinitamente feliz de que Bas comparta su existencia.

Están de pie en el puente de su nave. Una lanzadera en la que han sido apretujados, dado que los Oratus son criaturas masivas. Cuatro brazos con garras, dos piernas con talones, y una cola, todo cubierto de duras escamas, hace que los arreglos de asientos sean incómodos.

Bas está hablando con la lanzadera, con un programa de información, y el repentino brillo del parabrisas inicia su respuesta. El programa escanea sus datos disponibles en busca de una respuesta, luego parpadea en verde cuando la encuentra y la moldea en una frase conversacional.

—Menos de una órbita local completa —responde el programa con la voz de Evva, su comandante—. Según las medidas convencionales y el nivel tecnológico estimado de este planeta, tienen tiempo suficiente para interrumpir el proceso.

Los Sevora se mueven rápidamente para establecer su punto de apoyo, capturar una raza y construir su infraestructura. Si el planeta es verdaderamente primitivo, puede llevar más tiempo. Sin embargo, Sax está más sorprendido por el aspecto de este planeta que por cualquier otra cosa. Los escaneos atmosféricos y los datos visuales indican un mundo rico en recursos, con un clima hospitalario.

Es sorprendente que el mundo no esté ya colonizado, incorporado a la galaxia en general.

—Evva, ¿por qué este es un planeta desconocido? No estamos en los límites —Sax se dirige al programa como si estuviera hablando con su comandante.

Es más fácil de esa manera.

El parabrisas parpadea en rojo un segundo después. Sin respuestas registradas.

—Transmitir pregunta —dice Sax y el programa emite un pitido de reconocimiento.

La nave de Evva está muy lejos de aquí. Años luz. Los programas de información usan sintonización cuántica para salvar las distancias —micro cambios en el programa de esta lanzadera modifican el designado en la nave de Evva— pero el proceso lleva tiempo. Cada letra de la pregunta de Sax se enviaría una por una, registrada por el programa de Evva, y luego la respuesta de Evva, cuando ella decidiera enviarla, sería recibida por la lanzadera de la misma manera.

Es por eso que los volcados de memoria son más eficientes: simplemente vuelcan toda la información sobre una misión dada en el programa de información designado antes de saltar lejos y facilitan que el equipo busque las cosas.

Por supuesto, esto solo es necesario porque las fuerzas Vincere se dividieron. Destruyeron la última nave semilla —un criadero móvil de Sevora— y ahora Sax y Bas tienen que limpiar un Sevora que escapó.

Por eso han venido los Oratus; Un Sevora, dejado solo, puede reconstruir toda la raza. Ha sucedido antes.

Desde la órbita, pasan revoluciones escaneando el planeta y encuentran que la única concentración real de civilización está en una amplia franja justo al norte de su ecuador. Una extensión de este a oeste que cubre una variedad de climas.

Detectan estructuras, movimiento e incluso algunos signos de uso de energía. Es extraño ver la vida tan concentrada en esta única parte cuando hay todo un mundo por explorar, pero Sax no está aquí para hacer preguntas. No está aquí para aprender por qué esta gente eligió hacer lo que ha hecho. Está aquí para asegurarse de que puedan seguir tomando sus propias decisiones.

Y si no pueden, también los salvará de ese destino.

CAPÍTULO 3

LA RECOMPENSA DE IGNOS

LOS TALLOS altos y saludables anuncian que se avecina una gran cosecha. Señalo a través de una colina ondulante, cubierta de trigo amarillo, hacia un rebaño errante de cabras más allá en la distancia. Hay varias docenas de ellas, deambulando alrededor de un par de pastores. Si tuviera un par de los nuevos anteojos telescópicos que nuestros metalúrgicos están fabricando, probablemente podría ver los collares plateados alrededor de los cuellos de los animales y los zumbadores de choque en las manos de los pastores.

—¿También son suyas? —le pregunto al hombre que está junto a mí, quien se ríe.

Hay una verdadera alegría en esa risa, una carcajada de gran corazón que dice más sobre el estado de mi gente que cualquier otra cosa.

—No, Emperatriz. Yo cuido los cultivos y ellos cuidan las cabras. A cambio, les doy comida y ellos me dan leche. Funciona para ambos.

—Funciona para los Charre —dice Viera, de pie detrás de mí con su armadura de cuero esmeralda, la mano permanentemente sobre la empuñadura de su pistola—. Parece que están teniendo un gran año.

El granjero vuelve a reír, lanzándole a Viera una mirada cómplice para decir que no le molesta su propio éxito.

—Ha sido un año maravilloso para todos. Ignos nos ha favorecido, y el fertilizante de los alquimistas ha hecho que nuestros tallos crezcan altos, duros y fuertes. Esta temporada será la mejor que hemos tenido. Nadie en Damantum pasará hambre.

—Y ninguno de sus bolsillos estará vacío —digo. El granjero asiente, pero no dice nada más.

Las sociedades deben estar desesperadas o prósperas antes de invertir en algo nuevo. Alégrate de que la tuya esté en el lado positivo de esa ecuación.

—¿Hemos visto suficiente por hoy? —pregunta Viera.

Hemos estado visitando las principales propiedades fuera de la ciudad. Subiendo y bajando las amplias colinas y montañas que dominan la gloriosa metrópolis que ahora llamo mi hogar. Damantum, ciudad de miles y miles, todos los cuales me llaman, lo deseen o no, Emperatriz.

Todavía no estoy acostumbrada a los alrededores de ladrillo y piedra, y la oportunidad de salir de la ciudad, sentir el viento en el aire libre y salvaje en lugar de los sofocantes olores a azufre y desechos, ha sido un tesoro. Uno al que preferiría no renunciar hasta que tenga que hacerlo.

—¿Hay algo más? —digo, tanto a Viera como al granjero.

—Depende, Emperatriz —dice el granjero—. No hay muchos que no saldrían para agradecerle. Pero la mayoría de nosotros, especialmente cuando Ignos se está poniendo, tenemos que ocuparnos de alimentar a nuestras propias familias. Terminar nuestras tareas. La vida aquí afuera no espera por ceremonias.

—Esperarás por tu Emperatriz de todos modos —dice Viera.

—Por supuesto, por supuesto, no quise implicar ninguna falta de respeto —el granjero mira sus manos. Arrugadas y callosas, aunque él mismo no es tan viejo—. Lo que quiero decir es que mi esposa, mis hijos, me echarán de menos.

Me cubro los ojos y miro hacia donde Ignos se desangra hacia el horizonte. El acto me recuerda a los cuatro guardias que están cerca de nosotros. Mis Sombras, los llama Malo. Una parte permanente de mi vida, especialmente después de que Jakkan, el antiguo sumo sacerdote, contratara asesinos para matarme. Ferozmente leales, dice Malo. Revisados personalmente por él mismo. Confío en ellos.

También confío en Viera; una traidora Lunare que, sin embargo, me ha ayudado a convertirme en quien soy. Mientras la miro, lo que realmente capta mi atención, lo que dibuja un ceño fruncido en mi rostro, es la pistola enganchada en un cinturón de cuero en su cintura.

Estamos avanzando a través de las eras. Más rápido de lo que podrías imaginar. Las armas son un mal necesario. Simples, mortales. Te mantendrán con vida el tiempo suficiente para llegar a mejores formas de hacer la guerra.

Aunque, con los Lunare repelidos, no sé contra quién vamos a estar luchando. Está claro que mi gente tampoco lo sabe: ha habido fiestas en las calles. Celebraciones. El comercio está floreciendo con las tribus de la jungla y se están abriendo nuevas rutas hacia los pueblos del Oeste y del Norte. Es un buen momento para ser un Charre. Es un buen momento para ser una Emperatriz.

CAPÍTULO 4

PRIMER ENCUENTRO

ATERRIZAN la nave en la oscuridad de la noche sobre el cráter donde se estrelló la semilla. Bas encontró el lugar desde la órbita: un hoyo fresco y ondulado donde la devastación del impacto aún es visible bajo el nuevo crecimiento.

Para Sax, en cuanto baja la rampa de abordaje, es evidente que la semilla cayó hace algún tiempo. Ya está cubierta de pequeñas plantas y helechos. Enredaderas se extienden alrededor del exterior moteado y gris de la nave. Un pequeño nido de criaturas peludas se dispersa cuando Sax se abre paso hacia la nave.

Los insectos se agrupan a su alrededor, atraídos por las tenues luces azules de la nave, que proporcionan visibilidad sin ser demasiado llamativas. Sax aparta el follaje. Confirma que la semilla se abrió. Confirma que está vacía de los nutrientes que sustentan la vida.

—Ha sido activada —dice Sax—. La Sevora se ha ido.

Bas, esperando en la cima del hoyo, no parece sorprendida.

—Detectamos abundantes evidencias de vida en el camino hasta aquí. Probablemente, alguien se topó con ella.

—Ha estado aquí un tiempo, si el crecimiento es consistente con otros mundos —responde Sax—. El tiempo suficiente para que la Sevora se haya sumergido.

El subtexto: los dos Oratus deben estar preparados para la resistencia.

Regresan a la nave, se equipan con un par de mineros —rifles que disparan calor— cada uno, y Sax agarra sus barras negras, esas que, si es necesario, pueden cortar cualquier cosa que este planeta pudiera lanzarles.

Los Oratus se adentran en la jungla. No hay sendero, y las plantas espesas y enmarañadas indican que ha pasado tiempo desde que algo se abrió camino hasta el lugar del impacto. Así que, en su lugar, Sax escucha. Los sonidos de la jungla lo inundan en oleadas. Los aullidos de criaturas misteriosas, los agudos cantos de otras, el silbido del viento que se cuela entre los troncos de los árboles, haciendo que ramas y hojas tintineen en su camino desde el dosel hasta el suelo. Es un coro encantador, aunque no ayude a Sax a determinar hacia dónde ir.

Pero hay algo más bajo los sonidos: un pulso bajo y constante que hace temblar sus piernas.

Música.

Bas también lo oye, y ambos se miran, sus ojos reconociendo su intuición compartida, y luego se dirigen hacia el sonido. El avance es lento: la vegetación es densa y los dos Oratus se comprometen a mantener el silencio. No está claro a qué tipo de resistencia podrían enfrentarse, ni qué nivel de tecnología. Es mejor sorprender a un enemigo potencial que lo contrario.

A medida que se acercan, la música se hace más fuerte, y ahora hay canto que la acompaña. Palabras que Sax se sorprende de reconocer. Una canción alegre, de cosechas y agradecimientos. De regalos.

—Regalos de Sevora —susurra Bas.

Sax está de acuerdo. Siguen avanzando y Sax se sumerge en el misterio de la caza. Esa extraña y dulce zona donde el tiempo se dilata y todos sus instintos se agudizan. Donde el más leve susurro de alas se siente como el trueno más ensordecedor.

Es entonces cuando nota que están siendo seguidos.

Sax mira a su izquierda y ve a una extraña especie parada allí. Cuenta dos brazos, dos piernas y lo que parece ser una cabeza que sale de un torso considerable. Más pequeño que el propio Sax. Aunque, a juzgar por los ojos firmes que le devuelven la mirada, esta especie no le teme a los Oratus.

La criatura sostiene una lanza corta y la inclina hacia Sax. Empuja la lanza, con la punta por delante, hacia el Oratus. No lo suficientemente cerca como para hacerle daño, y Sax reconoce la advertencia. Un paso más cerca, dice la criatura, y esa punta se abrirá camino en el pecho de Sax.

La máscara de Sax probablemente desviaría la lanza, y Sax, sin duda, sería capaz de destrozar a la criatura. Pero si Sax puede ver uno, podría haber otros. Iniciar una pelea incierta en la oscuridad, arriesgando sus vidas y su salud, sería un plan pobre.

Aunque no le importaría si la criatura lo hiciera primero.

—¿Qué sois? —dice la criatura. Sax se queda momentáneamente aturdido al escuchar la lengua común galáctica hablada en este extraño mundo.

Esto indica Sevora, y Sax se tensa.

—Alto —dice Bas al sentir el plan de Sax—. Ninguna Sevora preguntaría qué somos. Lo sabría, reaccionaría.

Tiene razón. Sax se endereza y nota que la criatura ha

adoptado su propia postura de combate. Una mano en sus labios, formando un gesto circular, y la otra sosteniendo la lanza, con la punta hacia Sax, baja y lista para apuñalar.

—Somos visitantes —sisea Bas—. Recién llegados a vuestra tierra. ¿Quiénes sois vosotros?

—¿Nosotros? Somos los Solare. Esta es nuestra jungla. Nuestra aldea. ¿Por qué habéis venido?

Ni Sax ni el guerrero se relajan. Ambos listos para saltarse a la garganta del otro. Bas, sin embargo, deja que su cola toque la de Sax. Cálmate, dice el gesto, no hagamos enemigos que no necesitamos.

—Nos llaman Oratus —responde Bas—. Venimos de muy lejos. Más allá del cielo. Estamos buscando a otro que vino de las estrellas. Que promete maravillas.

La respuesta de Bas funciona. La criatura da un paso adelante, pero al hacerlo, levanta la punta de la lanza corta.

—Lo siento, pero llegáis tarde. Aquel a quien buscáis se marchó hace mucho tiempo.

Sax también se endereza.

—¿Aquel a quien buscamos?

La criatura parece recordar algo. Su rostro se vuelve hacia la aldea. Hacia la música y el sonido.

—Os llevaré. Hay otros aquí que podrían explicarlo mejor que yo.

—Os lo agradeceríamos —dice Bas.

Siguen a la criatura a través del último tramo de jungla. Por el camino, preguntan y la criatura les dice lo que son: humanos. Su tribu y pueblo se llaman Solare. Hombres y mujeres, hijas e hijos. El hombre habla con tanta libertad y Sax no entiende por qué hasta que su escolta los llama dioses.

Ah.

Sax no hace nada para disipar ese pensamiento.

Se dirigen hacia un amplio claro del que se alzan varios edificios rudimentarios de piedra y una extraña masa alta de madera, musgo y roca. Frente a ella aparece el resto de la tribu. Todo el grupo bailando y cantando alrededor de agradables fosos de fuego. Carnes asadas, frutas y el incienso que arde llenan los seis respiraderos que cosen el pecho de Sax con olores.

Al menos por un momento, porque todo se detiene tan pronto como Sax y Bas entran en la luz del fuego. Tan pronto como todos los miran fijamente. En el silencio, allí en el claro, Sax percibe un crujido a su alrededor. Mira, y en los bordes de la aldea hay otros humanos, sosteniendo arcos con flechas apuntando a los dos Oratus.

Han caído en una trampa.

CAPÍTULO 5
LA ADVERTENCIA

VOLVÍ A ECHARLE demasiados pimientos al pescado. La carne blanca está salpicada de círculos verdes, pero no puedo quitarlos. No con Viera observándome, su rostro ya esbozando una sonrisa. Así que me lo llevo todo a la boca: el pescado, el maíz, los pimientos y los trocitos de repollo. Sin nada de la dignidad y el refinamiento que debería tener una Emperatriz. Pero estamos solas, nuestra única compañía un par de braseros parpadeantes.

Es la misma cámara que solía compartir con Jakkan. En el Vaos, el gran templo en el centro de Damantum. Todavía no me he mudado al palacio del Emperador, y no sé si alguna vez lo haré. No hay nada en ese lugar que me guste, y todo lo que trae consigo son malos recuerdos. Fantasmas. No es que conociera bien al Emperador, pero hay algo en entrar en la casa de un hombre muerto que se siente extraño.

Incómodo.

El calor se acumula en mi boca. Me encuentro con la mirada burlona de Viera y lo soporto. El hormigueo ardiente cubre mis mejillas y baja por mi garganta mientras trago.

¿Por qué te haces esto a ti misma?

Ignoro a Ignos. Este es un momento de concentración. Algunas batallas se ganan con armas, otras con astucia y sigilo, pero esta, esta se ganará con fortaleza.

—¿Quieres un poco de leche de cabra? —se burla Viera.

Niego con la cabeza. El fuego aumenta hasta convertirse en un infierno que se retuerce alrededor de mi lengua. No digo ni una palabra.

—¿Estás segura? Creo que veo una lágrima en tu ojo.

No se equivoca. Siento la humedad en los bordes. Parpadeo una vez. Mantengo la mirada, mi sonrisa bloqueada. Finalmente, finalmente el picante empieza a disminuir. Estoy bastante segura de que me he quemado algo, pero sigo viva. No he vomitado, no he escupido por todas partes, no he estallado en llanto.

Viera nota que el color de mis mejillas se desvanece, porque se recuesta contra la pared de la cámara y se ríe. —Buen trabajo, Emperatriz. Es bueno saber que puedes manejar tus especias.

Abro la boca para responder, pero está demasiado seca, demasiado abrasada para formar palabras, así que la cierro de nuevo y trago. Entonces ambas oímos ruido desde la entrada. Pasos que se acercan.

Mi cuarteto de Sombras está afuera, como siempre, aunque las personas involucradas rotan en turnos. Aun así, no tengo miedo. Cualquier cosa que pudiera vencer a los cuatro, solo tendría que pasar por Viera y su pistola escupe fuego. Más allá de eso, tengo mi propia versión pequeña, hecha especialmente para mí, guardada en una pequeña caja a mi lado. Un cuchillo debajo de mi túnica, atado alrededor de mi cintura con un cinturón de algodón. Muchas opciones.

No tengo que usar ninguna de ellas, porque es Malo

quien aparece, aún luciendo su melena de león, y arrastrando consigo a otro hombre que se arrastra.

—Mi Emperatriz —Malo hace una rápida reverencia—. Este se acercó a las puertas de Damantum hace poco. Afirma que viene de la jungla. De los Solare y que ha corrido toda la noche para llegar aquí.

—Un viaje largo —digo—. ¿Uno que no creo que sea posible?

Cuando viajé aquí con Malo, nos llevó una semana llegar desde mi aldea a Damantum. Duras marchas durante las horas de luz. ¿Que un solo hombre pudiera hacer el mismo trayecto en dos días?

—Díselo —Malo sacude al hombre con la mano. Luego lo suelta.

El hombre de la tribu Solare cae al suelo, coloca las palmas de las manos planas contra las piedras, y su frente las sigue. Habla contra el suelo. —Mi Emperatriz, no vine de la jungla. Soy el décimo en la cadena. Juntos, transmitimos el mensaje a lo largo de la ruta que usted misma creó.

—¿Que yo creé? —pregunto.

Malo tose. Lo miro. —Kaishi, cuando ordenaste que mantuviéramos mejores comunicaciones con los Solare y las ciudades circundantes, desarrollamos un sistema de corredores. Como este. Están estacionados por todo Charre, extendiéndose hacia la jungla al este y hacia las ciudades al oeste y norte, de modo que tan pronto como uno recibe un aviso, corre a la siguiente estación, asegurando una entrega rápida de información crítica.

—Podrías haber empezado por ahí —digo.

—Lo siento —dice Malo—. El mensaje del hombre confundió mi mente.

—Entonces déjalo hablar. —Viera agita una mano con pescado en ella, uno que se mete en la boca un segundo después. Noto que hay muchos menos pimientos en su porción que en la mía.

El corredor empieza a hablar al suelo de nuevo y Malo lo levanta. —Habla directamente a la Emperatriz.

Los ojos del hombre se desvían hacia Malo, luego de vuelta a mí. Asiento, le doy una pequeña sonrisa. He aprendido que los gestos más pequeños de amabilidad pueden marcar toda la diferencia para mantener a alguien leal. Agradecido. Servicial.

—Solo puedo decirle lo que me han dicho —balbucea el hombre—. Están diciendo que han llegado más dioses, Emperatriz. Criaturas extrañas más altas que cualquiera de nosotros. Cuatro brazos y colas. Hablan en nuestra lengua. —Ante la mirada de Malo, el hombre se corrige—. Quiero decir, la lengua Solare.

—Te refieres a los Lunare —interrumpe Viera.

—Viera —advierto. La mujer tiene un amor por el conflicto, y no tengo paciencia para ello ahora mismo.

Los Charre hablan una versión diferente de mi lengua natal, una que tanto los Solare de la jungla como los Lunare de las montañas adoptaron. El comercio impulsa la fluidez en ambas, aunque he notado que la mayoría de los Charre, incluido Malo, aprenden lo mínimo indispensable de la lengua de sus socios.

—Continúa —dice Malo.

El hombre inclina la cabeza. —Estos nuevos dioses dicen que están buscando a alguien que se acercó a una nave estrellada. —Aquí el hombre tropieza con una palabra, luego la descifra—: Alguien que habla de magia y milagros.

El hombre no lo dice, pero todos lo estamos pensando. Yo.

Sé lo que es esto. Quiénes son.

Despido al hombre con un gesto. Le agradezco por el

mensaje. Malo lo escolta afuera, luego regresa. Regresa a tiempo para que yo transmita lo que Ignos acaba de escupir en mi mente.

Son invasores. De otro mundo. Mis enemigos y los enemigos de todo lo que tú y tu gente representan. Lo destruirán todo para llegar a ti, a mí.

Transmito estas palabras a Malo y Viera, y luego les comunico las órdenes de Ignos. Cuando les digo que debemos reunir nuestras fuerzas, marchar y eliminarlos, ni Viera ni Malo parecen particularmente perturbados ante la idea de la guerra, pero son luchadores, ¿por qué habrían de estarlo?

—Para ser honesta, Emperatriz —dice Viera—. Las cosas se han estado poniendo un poco aburridas en la ciudad. Me encanta, pero estaba pensando en hacer otro viaje a los Fosos pronto para no perder mi filo.

—Hablas de la vida y la muerte como si fuera un juego —le dice Malo a la Lunare, quien suspira tan pronto como el Charre empieza a hablar—. Cada batalla debe lucharse con honor. Dedicación. Si debemos arrancar a los hombres de sus familias y enviarlos al frente, deben saber por qué luchamos. Por qué se sacrifican. Así, cuando alcancemos la victoria, nuestros soldados podrán cantar su triunfo durante estaciones —Entonces Malo se encoge de hombros—. Nos ayudará a reunir voluntarios.

—No será el tamaño de nuestras fuerzas lo que importe —digo—. Sino la habilidad. Un pequeño grupo de nuestros luchadores más talentosos y temibles. Aquellos que puedan disparar una flecha con precisión milimétrica, o deslizarse entre los árboles más densos sin ser notados. Ignos cree que solo serán dos de ellos, aunque cada uno vale por cien de los nuestros.

—¿Cien? —Es la primera vez que Malo parece sorprendido, y también detecto un poco de entusiasmo—. Entonces llevaremos cuatrocientos de nuestros mejores, y esperemos que sea suficiente.

—Enviad los mensajes e informad a los armeros; necesitaremos más armas —Me pongo de pie, la comida de repente me sabe seca en la boca.

Sigo a Malo fuera de la cámara, y mientras él se va y desciende para comenzar los preparativos, yo subo. Hasta la cima misma del Vaos. Puedo ver a Nomis en su resplandor plateado flotando sobre la alfombra ardiente y hermosa que es Damantum de noche. Es una maravilla. Una que no quiero perder.

Le pregunto a Ignos si estaremos bien.

No hay respuesta.

CAPÍTULO 6

DISTRACCIÓN

SAX SE PREPARA para correr hacia la línea de árboles cuando uno de los cantores se adelanta del grupo. Este parece mayor, al menos según la forma convencional de juzgar tales cosas. Tiene canas en el cabello, su piel muestra marcas tanto de batalla como de edad. Pero sus ojos son vigorosos. Su boca está tensa.

—Nuestro jefe —dice el guardia que los trajo aquí, y se hunde sobre una rodilla.

Sax y Bas no lo hacen.

—Estamos buscando a alguien —sisea Sax mientras el jefe se acerca.

Es al menos dos metros más pequeño que los Oratus. Frágil. Fácil de romper. Está claro que esta especie no elige a sus líderes solo por la fuerza. Quizás no sean tan primitivos como parecen.

—Alguien que cambió —continúa Bas por él—. Alguien que puede haber hablado de cosas extrañas. De otros lugares, de milagros y magia.

Tanto Sax como Bas conocen estas palabras y conocen este discurso. Este está lejos de ser el primer mundo o la primera especie descubierta en el proceso de erradicar a los Sevora. Una vez que los Sevora se dieron a conocer, los Oratus y otros trabajaron para expandirse lo más rápidamente posible por toda la galaxia. Para descubrir tantos lugares y especies inteligentes como pudieran y traerlos al redil galáctico.

Esto no siempre funcionaba. Algunos, demasiado conmocionados por la aparición de armamento, especies y naves tan avanzados, simplemente no lograban adaptarse. O se masacraban entre ellos, o perdían sus propios caminos y se convertían en engranajes triturados en el orden establecido de la galaxia. Sus culturas morían, y todas las cosas que los hacían únicos desaparecían en su asimilación.

Incluso eso, sin embargo, es mejor que servir a los Sevora.

Sax observa mientras Bas habla. La persona muestra las señales: no hay suficiente sorpresa, no hay suficiente conmoción. No solo por lo que Bas está diciendo, sino por los propios Oratus. Criaturas de cuatro metros de altura, con cuatro brazos y dos piernas que terminan en tres grandes garras cada una. Largas colas y cabezas, con bocas llenas de dientes afilados. La sola apariencia de Sax debería hacer correr a esta gente. Que no lo haga significa que han visto o escuchado cosas fantásticas.

Esta tribu, esta aldea sabe.

—He escuchado tales palabras antes —responde el jefe lentamente—. Vinieron de allá. —Señala detrás de ellos, hacia la selva y hacia el lugar donde la semilla se estrelló—. Y se fueron poco después.

—Estas palabras no se van por sí solas —sisea Sax—. Necesitamos encontrar a quien las lleva.

El jefe inclina la cabeza. —¿Necesitan encontrar a un dios?

Sax no puede evitarlo. Sisea con una risa. Está claro que la aldea, estos humanos, no entienden bien lo que está pasando. El jefe retrocede un paso, y el guardia arrodillado junto a Sax se sobresalta, con la lanza tensa.

—Eso, humanos, es una risa Oratus —dice Bas, y ahora ella también sisea por su cuenta—. Lo que mi pareja quiere decir es que lo que vieron no es un dios. Es una especie que juega trucos. Intentando convertirlos a ustedes y a todo su mundo en esclavos para sus propios fines.

El jefe sacude la cabeza. —No era una criatura como ustedes. Las palabras salieron de la boca de una niña. Mi propia hija.

Sax asiente. La cosa parece entender el gesto. Bien. —Los Sevora se apoderan de las mentes de aquellos a quienes capturan. Se ven y suenan como aquellos que conocen y aman, pero no lo son. —Sax señala a uno de los animales cocinándose, girando en un espetón sobre uno de los fuegos —. Tu hija es como esa criatura allí. Un animal, asándose y esperando mientras un Sevora se come su vida.

Bas sisea un sonido de reproche. Una advertencia para no ser demasiado dramático. Para no asustar o enfurecer a esta gente.

El jefe solo parece triste. —¿Cómo podemos confiar en ustedes? Nos dicen que mi hija ha sido tomada por algo como eso. —Señala la carne. No es exactamente lo que Sax había pretendido, pero no importa—. Me dicen, seres extraños, que deberíamos confiar en ustedes. Que deberíamos darles respuestas. ¿Por qué?

Sax mira sus garras, lo suficientemente lento como para que sea claro para todos lo que está haciendo. —Porque esta criatura debe ser destruida. Porque es una amenaza, no solo para ustedes en su mundo, sino para todos los demás.

Una vez más, las palabras no impresionan al jefe.

—Tu hija —dice Bas. Ella es mejor con este tipo de conexiones—. ¿Dices que habló de un dios?

—Ella no habló de un dios —responde él—. Ella era. Ella es. Ignos está dentro de ella.

Bas está a punto de responder, Sax está mirando sus garras mientras brillan a la luz del fuego. Están afiladas, listas.

—Entonces lo sacaremos.

CAPÍTULO 7

ENTRENAMIENTO

MALO ESTÁ FRENTE A MÍ, a unos diez pasos de distancia, con los brazos cruzados y una sonrisa sardónica en el rostro.

—¿Estás usando ese otra vez? —dice Malo mientras sus ojos se fijan en mi mano derecha y en lo que sostengo.

—Es el único con el que soy buena —respondo, aunque eso no es estrictamente cierto.

He logrado disparar una de las armas, como hemos empezado a llamar a los milagros de Ignos. Incluso le di al blanco.

El fragmento, sin embargo, tiene una sensación más inmediata. Hay un peso, mientras sostengo el agarre de cuerda, que las armas no tienen. Saber que cuando agito los brazos, los fragmentos de vidrio entrelazados se lanzarán hacia adelante y cortarán cualquier cosa en su camino le da al fragmento una sensación familiar. Es un arma que puedo entender. Una que puedo conocer.

Es una herramienta inferior. Una que tendrás que descartar cuando llegue el momento.

Ignos piensa que la mayoría de mis elecciones son inferiores, así que su juicio no me molesta mucho. En cambio, cuadro mis hombros hacia Malo, echo un vistazo a Nomis que se eleva plateado detrás de él, y me acomodo en una ligera posición en cuclillas. Hemos estado trabajando en la posición: mantener las rodillas sin bloquear, apoyarme en la punta de los pies, lista para impulsarme en cualquier dirección.

Malo no se mueve. Se queda allí. Me sostiene la mirada.

—Estoy lista —lo animo, pero no se mueve.

Está esperando por ti.

Ahora lo veo. Las únicas armas que Malo tiene están sujetas a su cinturón; cortas varas de madera con garras afiladas y viciosas que se curvan hacia arriba. Kukris. El fragmento tiene un metro o más de alcance que esas cosas, así que doy un paso lento hacia adelante y luego chasqueo la muñeca.

El fragmento se desliza desde el suelo, levantando arena mientras se mueve y se curva hacia la cara de Malo. Solo después de hacer el movimiento se me ocurre que podría matar al líder de mi ejército, y a mi amigo. Pero Malo retrocede un paso, se gira de lado, y todo lo que consigo con el ataque sorpresa es un corte minúsculo en el hombro izquierdo de Malo. Él mantiene sus brazos cruzados. Espera mi próximo ataque.

—No quiero hacerte daño —dejo que el fragmento se asiente de nuevo en la arena, luego lo tiro hacia mí.

—Ese es mi problema, no el tuyo —responde Malo—. ¿Qué hiciste mal ahí?

—Casi te tenía.

—Casi. ¿Qué hiciste mal?

Pienso, pero de repente me irrito. Malo debería estar concentrándose en el hecho de que casi le destrozo el brazo, no haciéndome preguntas. Estoy a punto de ladrarle esa idea, cuando veo que no está bromeando.

Hay algo en su rostro, en su cuerpo, aún girado de lado, que dice que responder a esta pregunta podría ser la clave entre vivir o morir algún día.

—¿Fui demasiado lenta?

—Fuiste demasiado directa —Malo se vuelve hacia mí de nuevo, patea la arena—. Cada movimiento que hiciste llevó directamente al ataque que planeaste. En una pelea real, no puedes delatarte. Finta, luego ven por mí otra vez.

—¿No sabrás que estoy fingiendo?

—No si lo haces bien.

Tomo una respiración profunda. Miro a mi derecha, donde las fogatas de mi ejército forman una constelación brillante en la arena oscura. A mi izquierda, donde la pared del valle comienza a elevarse en un acantilado rocoso marrón. Arriba, la luz de las estrellas se asoma entre una rara deriva de nubes, corriendo para alcanzar el resplandor de Nomis.

—He terminado por esta noche —digo, aflojando mi agarre.

Me dirijo hacia el fuego, dando un cuarto de vuelta a la derecha y dando pasos, con el fragmento arrastrándose en la arena detrás de mí.

—Apenas hemos empezado —dice Malo, y lo oigo alcanzarme.

En su tercer paso, giro. Esta vez, uso mi cuerpo, junto con mi brazo, para hacer girar el fragmento. Sus hojas brillantes cortan el aire en un arco, silbando mientras giro. Logro ver los ojos de Malo abrirse de par en par, verlo caer y aterrizar de espaldas en la tierra mientras el fragmento silba por encima. Ambos sabemos que, en una pelea real, podría hacer retroceder el arma y enviarla hacia abajo antes de que el guerrero Charre tuviera la oportunidad de moverse.

—¿Te sorprendí esta vez? —digo.

Malo se sienta lentamente, me da un asentimiento. —Mucho mejor. Aunque no esperaría que ese truco funcionara con cualquiera.

—Solo contigo.

Es lo que podría haber dicho, pero Viera se me adelanta. Ella se acerca a nosotros, y por la forma en que está sacudiendo la cabeza hacia Malo, está claro que ha visto lo que sucedió.

—Solo la Emperatriz tiene esa ventaja —responde Malo, comenzando a levantarse de la arena.

—¿La tiene? —dice Viera—. ¿Sabes por qué los Lunare ganamos la mayoría de nuestras peleas, Malo?

—Porque a los tuyos no les importa el honor.

—Exactamente.

—Ahora los dos me están molestando —interrumpo—. Viera, ¿qué haces aquí?

—La comida está lista, Emperatriz —Viera me mira—. No quería que se enfriara mientras estás aquí jugando en la arena.

—Entrenando —Malo se une a nosotros—. Puede que llegue un momento en que ninguno de nosotros pueda defenderla, y Kaishi deba luchar por sí misma.

—¿Con eso? —Viera mira el fragmento con el mismo escepticismo que Malo mostró momentos antes.

—Me gusta —digo de nuevo—. Es eficaz.

—Si quieres algo efectivo, prueba con estos —Viera da unas palmaditas a sus pistolas—. Gratificación instantánea. No hay necesidad de acercarse. Especialmente cuando tu enemigo tiene un aliento como el de este tipo.

Malo suspira, luego me mira.

—Mañana, Emperatriz, me gustaría retomar esto. Viera tiene razón: debes ser capaz de fingir contra un adversario, no solo contra tu maestro —pasa junto a nosotras antes de que Viera pueda inventar otro insulto.

—¿Por qué eres tan dura con él? —le digo a Viera mientras vemos al guerrero alejarse.

—¿Dura con él? A Malo no le importa lo que yo diga.

—Creo que te equivocas —pongo mi mano en el hombro de Viera para evitar que abra la boca—. Me gustaría que mis dos amigos dejaran de comportarse como enemigos. Si Ignos tiene razón, si a lo que nos enfrentamos es tan terrible como me está diciendo, todos necesitaremos trabajar juntos.

—Si Ignos tiene razón, Emperatriz, puede que no importe.

EL AMANECER ENCUENTRA a Sax y Bas cansados. Durmieron toda la noche por turnos, uno durante cuatro horas y el otro las siguientes.

No es que un Oratus necesite una noche completa de descanso para sentirse relajado, pero un poco ayuda. El desayuno, lleno de la carne que el jefe llama cerdo, los despierta un poco. Seguido de una bebida caliente llamada té; un líquido acuoso y herbáceo que, no obstante, activa alguna parte del cerebro de Sax.

Luego se acerca el joven guerrero que los encontró en el bosque la noche anterior y les dice que será él quien los guíe hacia el este. Hacia donde se fue la hija del jefe.

A plena luz del día, la selva es colorida. Llena de animales y pájaros en movimiento. Plantas que se retuercen con la brisa. Insectos zumbantes que se encuentran incapaces de atravesar las máscaras que llevan Bas y Sax, y los dos atraen miradas envidiosas del guerrero, que se ha cubierto con una savia pegajosa y maloliente que ni se acerca a la eficacia de una máscara.

Pisan helechos y enredaderas, y senderos apenas visibles hasta que ya están sobre ellos. En un momento dado, saltan sobre una serie de piedras para cruzar el río poco profundo.

Ni Bas ni Sax hablan mucho durante el viaje. Él está absorbiendo información, atento a los peligros. Bas probablemente está haciendo lo mismo. No hay razón para desperdiciar palabras.

No es hasta el anochecer, sin que el joven muestre signos de cansancio, que llegan a las estribaciones y el primer signo de vida civilizada que han visto en un tiempo. Una pared endurecida de madera profunda, que aparece al final del sendero con una ancha puerta, y se extiende hasta donde Sax y Bas pueden ver a través del espacio abarrotado y lleno de follaje.

En lo alto del muro, mientras la estrella del planeta se desliza hacia el ocaso, un par de guardias de piel pálida los miran desde arriba. A diferencia de su guía, que viste un simple envoltorio de musgo, estos dos llevan túnicas verde oscuro, ropa de algodón. Más gruesa de lo necesario, y se nota, por el sudor que cubre sus rostros.

—¿Qué horrores sois vosotros? —grita uno de los guardias.

El otro no dice nada, pero apunta hacia ellos un tubo de metal gris de extremo ancho. Un arma primitiva, aunque mucho más avanzada que las que vieron en la pequeña aldea. Su presencia es una señal de que el Sevora está aquí. Una señal de que la influencia del Sevora ya se está extendiendo. El parásito se mueve rápido.

—Buscan una audiencia con vuestro líder —grita su guía—. Llegaron a nuestra selva anoche, así que los trajimos ante vosotros.

—¿Con Avril? ¿Qué derecho tienen?

Sax mira al hombre. Es igual que los otros miembros de

su especie. Blando, simple. Y, Sax no tiene duda, fácilmente intimidable. Golpea sus piernas y salta. Llega hasta lo alto de la puerta, donde clava sus garras en la madera y trepa por encima. Ahora se alza sobre el que había hecho la pregunta.

Mirándolo desde arriba, Sax abre la boca ligeramente, lo suficiente para dar un vistazo seguro de todos los dientes en su interior.

Sax siente que el otro guardia apunta su arma y amartilla el percutor, y Sax agita su cola. Golpea el arma de la mano del hombre y la envía volando.

—Buscamos una audiencia con vuestro líder porque queremos una —sisea Sax—. Este Avril nos recibirá, o morirá. Junto con todos vosotros.

La mirada del hombre se desliza del rostro de Sax hacia su izquierda. Sax le sigue. Al otro lado del muro hay un extenso campamento de tiendas. Fortificaciones simples. Pequeños edificios hechos de madera y tela. No es un asentamiento a largo plazo. Un campamento militar. Hay muchos soldados, mirando hacia arriba. Algunos buscan sus propias armas, pero Sax no está preocupado. Incluso si las balas pudieran atravesar la máscara, lo cual Sax no cree que puedan, unos pocos disparos rápidos de su minero sin duda los dejarían petrificados.

—Puedo decírselo —balbucea el guardia—. Puedo enviar la comunicación. Si está de acuerdo, os dejaremos entrar. Os llevaremos ante Avril.

—Nos llevarás ante ella ahora —sisea Sax—. No se negará.

El hombre se pone aún más pálido, hasta alcanzar un tono de blanco que Sax no está acostumbrado a ver en los vivos.

Se oye un golpe, un rasguño mientras Bas trepa por el

muro. Mientras levanta al otro guardia y lo sostiene en alto, fuera del borde.

—Hablaremos con vuestro líder y no os haremos daño —ruge Bas a la multitud que se está reuniendo—. Si intentáis herirnos, atacarnos de alguna manera, os masacraremos a todos. Y lo disfrutaremos.

Eso último parece hacer efecto. Las armas caen. Las espadas vuelven a sus vainas. Así, sin más, los dos Oratus tienen una fuerza capturada.

—¿Dónde está ella? —pregunta Sax al guardia que aún sostiene en sus garras.

—En nuestra capital, por supuesto —dice el hombre—. Marilo, en lo profundo de las montañas.

—Entonces nos llevarás allí. Ahora.

CAPÍTULO 9

EL REGRESO A CASA

SOLO HAN PASADO MESES. Una única estación completa. Sin embargo, el hogar me parece otro mundo. Veo el Tier, que apenas se eleva a un cuarto de la altura de los Vaos y es infinitamente más pequeño en anchura y grandeza. Veo nuestras casas de piedra, que a mi antiguo yo le parecían tan grandes y ahora parecen como si todas pudieran caber en un solo patio de Damantum. Toda mi infancia comprimida en una fracción del imperio que ahora gobierno.

Lo que queda de la niña que dejó esta aldea muere cuando veo a Padre.

La última vez que lo dejé, me había mirado desde lo alto del Tier. Observó, junto con el resto de mi aldea, cómo recogía mi escaso equipaje, mi envoltura de musgo, y me marchaba con los soldados Charre —Malo incluido— de mi hogar.

Ahora me ve al frente de una gran fuerza. Me ve vestida con finas túnicas, con esmeraldas colgando de mis orejas y cuello, llevando en mi cuerpo más valor que el de toda su aldea. Padre ya no ve a su hija. Eso está claro.

Has crecido más allá de él.

Me estremezco ante las palabras de Ignos. Hay una diferencia entre saber algo y que te lo digan. Padre, y Madre a su lado, lideran un pequeño grupo de cazadores de nuestra aldea; rostros que reconozco. Personas que una vez me pidieron hacer recados, que corrieron conmigo entre los árboles durante los juegos. Ahora me miran con rostros cautelosos, almas ocultas.

Caminan hacia mí mientras estoy de pie al borde del claro, con Malo y Viera a mi lado y varios cientos de guerreros Charre a mi espalda. El respeto común de los Solare dicta que un visitante no debe entrar en una aldea sin el permiso de sus ancianos, y, a pesar de la capacidad de mi ejército para arrasar mi hogar una docena de veces, me mantengo fiel a esa costumbre.

—Kaishi —dice Padre mientras se acerca a mí. Veo un destello de reconocimiento cuando nota a Viera a mi lado —la Lunare había estado comerciando en nuestra aldea antes de la llegada de Malo— pero interrumpo cualquier otra palabra.

Doy un paso adelante, rodeo a Padre con mis brazos y lo abrazo fuertemente. Me separo y hago lo mismo con Madre, quien, noto, entra en el abrazo con más disposición. Ella solo está abrazando a su hija, mientras que Padre abraza a la líder de un imperio rival. Cuando me aparto, sin embargo, noto que ambos no pueden resistir pequeñas sonrisas. Su felicidad latente calienta mi corazón más que cualquier otra cosa.

—Estuvieron aquí —continúa Padre, adivinando por qué he venido.

—¿Quiénes eran?

—*Qué* eran es la mejor pregunta —responde Padre, y

escucho una cascada de murmullos recorrer a los cazadores de la aldea detrás de él.

Murmullos que solo crecen más fuertes mientras Padre describe a un par de monstruos, más altos que cualquier hombre y con cuatro brazos, una cola y garras tan largas como la hoja kukri de Malo.

—Pero ya no están aquí —afirma Malo cuando Padre concluye su descripción.

—Los enviamos lejos. Hacia el Este. —Padre no puede evitar mirar a Viera.

—Los enviaron a mi gente —dice Viera—. Por supuesto. ¿Por qué no, cuando se enfrentan a la devastación, pasársela a alguien más?

—Mejor nuestros enemigos que nosotros mismos —responde Padre.

—Entonces los seguiremos —digo, tratando de mantener a Viera bajo control—. O los atraparemos antes de que lleguen a las montañas, o ayudaremos a los Lunare a combatirlos. Incluso podría ser una oportunidad para que nuestros dos imperios se unan.

Quizás, con ambos ejércitos trabajando juntos, podrían ganar.

—¿Dos imperios? —pregunta Padre.

Los Charre, los Solare y los Lunare. Tres pueblos, con los Solare atrapados entre vecinos más poderosos. Nadie, incluido Padre, podría creer que los Solare sobrevivirían si los Charre o los Lunare permitieran que el otro tuviera la selva. El miedo mutuo mantiene viva a mi antigua aldea. Ignos me ha estado diciendo que es hora de que eso termine: tengo su guía y debería traer a los Solare y sus recursos bajo mi creciente dominio.

—Será mejor, padre —digo lentamente, midiendo su reacción a cada palabra—. Con los recursos Charre y los milagros que Ignos proporciona, los Solare serán más felices. Más saludables. Ya no habrá más miedo.

—¿Nos gobernarías? —pregunta Padre, y su voz es inocente.

Cuidado.

No necesito que Ignos me advierta. Este hombre es mi padre. He tenido mil discusiones con él, he visto cómo desmantelaba las defensas verbales de cientos de comerciantes y visitantes de otras aldeas. Entrar en una guerra de palabras con él es una elección que no quiero hacer. Así que detengo la pelea antes de que pueda comenzar.

—*Ya* los estoy gobernando —digo—. Como su hija y su emperatriz. Cuando rechazamos a los Lunare, las tribus que los acompañaban me juraron lealtad. Al igual que el pueblo Charre.

—Como nosotros no lo hemos hecho. —Padre se yergue más.

—Como lo harán ahora. —Imprimo hierro duro en mi voz.

La selva se queda quieta por un largo momento.

—Sabes que no podemos resistirnos, Kaishi —dice finalmente Padre, agitando su brazo hacia la aldea detrás de él—. Somos pequeños, simples. Todo lo que tenemos es nuestra independencia. El derecho a determinar por nosotros mismos lo que es correcto.

Lo cual no los ha llevado a ninguna parte. Tú los harás mejores. Harás que el mundo sea mejor, con mi ayuda.

—Cuando los Lunare vuelvan, ¿qué pasará? —digo—. ¿A qué hija entregarás la próxima vez para alejarlos?

Puedo ver que esas palabras les duelen. Mis padres no me miran a los ojos. Incluso Malo, el curtido guerrero que me sacó de este lugar, me lanza una mirada preocupada. No me echo atrás. No aparto la vista.

—No hay otra opción, padre —continúo—. Te unirás, al igual que todos los demás Solare. Juntos, crearemos un mundo mejor.

No está cediendo. Lo veo poner una mano en el hombro de madre, y sé lo que viene a continuación.

Vine aquí para ayudar a padre, no para matarlo. Así que hablo primero.

—Me dijiste, cuando me fui, que no me resistiera. Me dijiste que todos aquí sufrirían si lo hacía —hablo suavemente, de modo que los que están detrás de padre tienen que esforzarse para oír—. Ahora te digo lo mismo. Únete a mí, ayúdame a encontrar a los monstruos que vinieron aquí y salva tu aldea. Salva a nuestra gente.

Mis palabras apagan el fuego en sus ojos, y una vez que su chispa se extingue, padre asiente. Por primera vez en meses, sus manos estrechan las mías, pero no siento amor en su agarre, solo tristeza.

Ellos entenderán, Kaishi, cuando los liberes de su dura existencia. Te amarán por ello.

Eso espero, pero no lo creo.

CAPÍTULO 10

HACIA LA OSCURIDAD

DIEZ HUMANOS los guían a través de las cuevas. Cinco delante y cinco detrás. Una proporción con la que Sax se siente cómodo, ya que las estrechas cavernas significan que su cola por sí sola podría derribar a todos los que lo siguen, mientras sus garras se encargan de los que van delante. Tener a Bas a su lado solo significa que cualquier intento de resistencia sería tan fútil, tan inútil que resultaría inimaginable.

Lo cual se refleja en la postura de sus guardias, sus hombros bajos y su respiración nerviosa y jadeante. Su miedo llena el aire, mezclándose con el fresco aroma oxidado del agua mineral que proviene del arroyo que comparte su camino. El goteo cubre las piedras a su derecha, ocasionalmente formando charcos y luego precipitándose de nuevo, cada vez más abajo.

El estado de este mundo y las criaturas que lo habitan lleva a Sax a esperar oscuridad, y está listo para cambiar su máscara a un espectro infrarrojo mientras descienden más allá del punto de la luz del día. Hasta que nota resplandores, de un tono azul y púrpura, que vienen por delante. Los guardias no mencionan nada al respecto, pero siguen avanzando pesadamente. Sax se niega a hacer preguntas, y su paciencia es recompensada segundos después cuando la fuente aparece a la vista.

Hongos y musgo, brillando en las rocas en parches. Los tallos resplandecen en azul mientras se elevan desde el suelo, desde grietas en la piedra o desde los parches de tierra que se mezclan en los resquicios. El musgo se aferra al techo, de un rosa fosforescente, su brillo lo suficientemente intenso como para dar una idea de hacia dónde se dirigen, aunque todavía demasiado tenue para mostrar el camino tan claro como el día.

—¿Cultivados? —dice Sax al guardia que los guía, el mismo al que agarró en la pared, mientras avanzan.

—A lo largo de todo Lunare, sí —responde el guardia, dejando entrever un poco de orgullo—. Son la única forma de obtener luz aquí abajo, aparte de las antorchas. Te sorprendería cuántos palos hay que quemar para mantener iluminado un imperio.

—Así que plantan estas cosas a lo largo de sus rutas.

—Vivir bajo la roca no es algo natural —como para ilustrar su punto, el guardia esquiva cuidadosamente lo que parece ser escombros de una roca caída—. Se necesita ser inteligente, tener las agallas para enfrentar los problemas en lugar de esperar que mejoren. Es por eso que las tribus de la superficie no pueden con nosotros.

—Si no pueden con ustedes, ¿entonces por qué siguen aquí?

Bas toca su cola de nuevo, pero Sax ignora a su compañero esta vez. Si van a marchar hacia un lugar peligroso, para enfrentarse a gente peligrosa y exigir la cabeza de su líder, Sax quiere saberlo todo sobre ellos. Qué los mantiene en marcha, de qué tienen miedo y por qué eligen vivir fuera de la luz.

La cueva se abre en una amplia cámara, dividida por la mitad por el arroyo, y gruesas estalagmitas y estalactitas se elevan desde el suelo y el techo como esculturas alienígenas. Parches de musgo y hongos dan al lugar una radiación surrealista, y por un momento Sax se siente como si estuviera de vuelta a bordo de la nave semilla, atrapado en ese mundo de pesadilla de entretenimiento parpadeante, donde los parásitos podían olvidar las vidas que robaron a quienes las merecían.

—Es difícil dejar el hogar, supongo —dice el guardia mientras crujen a través de la sala—. No es como si lo tuvieran mejor allá arriba de todos modos. Tienen que lidiar con tormentas, muchos insectos, animales peligrosos. Aquí abajo es tranquilo, y en las ciudades, siempre cálido. Solo digo que si quisiéramos, podríamos vencerlos.

No si atacaran tan mal como se defendían, pero Sax no dice eso. Están lejos de su lanzadera ahora, y ni él ni Bas tienen idea de cómo se conectan estos túneles. Si sus guardias decidieran huir, los dos Oratus tendrían dificultades para encontrar el camino a cualquier parte.

—¿Cuánto tiempo llevan aquí? —pregunta Sax—. ¿Cuántos ciclos?

—¿Ciclos?

Hablan el idioma común galáctico, ¿pero no saben sobre los ciclos? Una tribu usa las lanzas más primitivas, arcos y flechas, mientras que esta empuña armas. Las variaciones aquí son confusas. Sin sentido. A menos que alguien de fuera haya intervenido.

—Una unidad de tiempo estándar —explica Bas—. Los ciclos están marcados por eventos importantes. Como la derrota de los Sevora, o la colonización de un nuevo sistema.

—No entiendo las palabras que están usando —responde el guardia—. Pero los Lunare han estado en estas montañas desde antes de que yo naciera, mi padre y su padre también. Más tiempo que eso, me imagino.

¿Lo suficiente para una evolución natural? Sax no es biólogo, pero hay ciertas tendencias entre las especies de la galaxia; los Flaum tienen ojos grandes, pelaje y cuerpos pequeños porque vivían, originalmente, en un mundo lleno de cráteres con poca luz. Frío, con escasos suministros de alimentos. No puede haber sido muy diferente a estas cuevas, sin embargo, las personas que guían a los Oratus a través de estos caminos subterráneos, aparte de su piel pálida, parecen poco adecuadas para un lugar como este.

Sax le da vueltas a estos pensamientos en su mente mientras avanzan penosamente a través de más pasajes, cada vez más estrechos, hasta que nuevamente se abren en una cámara. Esta, sin embargo, es mucho más grande que la primera. Tan grande que Sax no puede ver el techo ni la pared del fondo. Tan grande que contiene casas, calles, todo un pueblo iluminado en azules y rosas por hongos y musgo.

—¿Creen que esto es grande? —se ríe el guardia, mirándolos a los dos—. Gove es un puesto avanzado, nada más. Un lugar para descansar antes de continuar hacia Marilo mañana.

Hay ruido proveniente del pueblo, el sonido de taladros girando y martillos golpeando. Olores a hollín y fuegos de cocina se adhieren al aire húmedo, y Sax nota que el arroyo parece correr justo por el centro del pueblo. Continúan por una avenida junto a él, y Sax es muy consciente de las miradas apremiantes sobre él mientras avanzan. Sus garras están causando pánico en todo el lugar, Sax está seguro.

El centro de Gove consiste en un patio circular dividido en dos por el arroyo. Dos puentes peatonales gemelos, con barandillas plateadas sobre arcos de piedra gris, conectan las dos mitades. A cada lado hay un geodo cortado, con los dos bordes rotos mirándose desde ambos lados del agua, colocados sobre pequeños pedestales.

Las fachadas de las tiendas, con esos hongos brillando en las ventanas, anuncian ofertas de refugio, equipo de minería y comida. Sin embargo, parece no haber nadie aquí aparte de ellos diez. Incluso los sonidos de martillos y taladros se desvanecen mientras el grupo se mueve hacia el centro del patio.

Cuando el guardia se detiene cerca del geodo, cuando los otros nueve que lo acompañan se despliegan alrededor de Sax y Bas, los Oratus ya saben lo que está a punto de suceder. Sus garras están listas. Sus colas se agitan. Estos Lunare están a punto de cometer un error fatal.

—Parece que ustedes dos no conocen las cuevas —dice el guardia—. Hemos tenido corredores yendo por delante de nosotros todo el camino. Gove está preparado para ustedes.

El guardia levanta su mano derecha, y Sax nota que el miedo que había dominado al hombre en lo alto del muro ahora está reforzado por la confianza. Algo le ha devuelto el valor.

Cuando llegan los retumbos, un coro de ellos que hace eco en los suelos y techos, Sax comprende. De cada una de las siete calles que conducen al patio, avanzan bestias de pelaje blanco, cada una montada por una criatura de piel pálida. Sin ojos, extraños y monstruosos, los Fassoths se elevan por encima de sus aparentes amos.

Estas cosas no deberían estar aquí. No en un mundo tan alejado del espacio poblado.

Sin embargo, aquí están, y los Oratus no pueden hacer nada excepto rendirse.

CAPÍTULO 11

EL CARRUAJE DE DIOS

EL OBJETO ES ANTINATURAL. Reposa entre los árboles, y sobre algunos de ellos, habiéndolos aplastado contra el suelo con su masa gris. Ignos me dice que está hecho de metal y que está ensamblado pieza por pieza, lo que explica las delgadas líneas que lo recorren. Como escamas, pero cuadradas y perfectas. Hay un bulbo en el frente, con lo que parece ser una placa transparente que lo atraviesa.

Vidrio. Para ver a través de él, mientras proporciona protección.

Camino bajo la nave —que es como Ignos me dice que se llama— y miro hacia arriba. Hay varios metros entre mi cabeza y la parte inferior de la nave, y aquí veo que el gris está marcado con rayas negras. Como si se hubiera quemado. Veo donde se extienden los tres soportes, dos en la parte trasera y otro en el frente. Las conexiones son grandes, circulares.

Los guerreros Charre, junto con los cazadores de mi antigua aldea, observan la nave conmigo. Uno de ellos había visto la nave hace unos días. Después de que las dos criaturas llegaran a mi aldea, después de que Padre mintiera para alejarlas. Ahora estoy aquí, con Viera, Malo y parte de mi fuerza, intentando aprender lo que podamos sobre los nuevos dioses que han decidido visitar nuestro mundo.

Dioses. No es el nombre que Ignos quiere para ellos, pero es lo que dicen los miembros de la tribu. ¿Qué más, después de todo, podría ser tan diferente? ¿Podría llegar en una nave tan vastamente distinta a cualquier cosa que tengamos?

Me preocupo por ti. Ellos no. Yo te daré milagros. Ellos tomarán tus vidas.

El bien y el mal no determinan lo que hace a un dios. Pongo mi mano contra el soporte delantero, siento el metal y lo caliente que se está poniendo bajo la luz de Ignos. La nave arruinó el dosel aquí, y la luz es tan brillante que mi mano izquierda está siempre presente sobre mis ojos, protegiéndolos.

Al hacer eso, puedo ver que la selva no está perdiendo el tiempo en reclamar la nave como suya; se están formando nidos en los pliegues, montones de hojas y ramas. Helechos y enredaderas están haciendo incursiones tentativas por los soportes desde el suelo, envolviendo los pies de la nave.

Ha estado aquí durante algún tiempo ya. Bastante más de una semana.

—Kaishi —dice Malo, uniéndose a mí bajo el bulbo delantero—. ¿Puede Ignos decirnos qué hay dentro? ¿O cómo llegar allí?

No puedo. Esta no es una puerta que pueda abrir para ti.

Ante mi negación con la cabeza, Malo suspira.

—Todo esto, entonces, solo añade preguntas.

—Responde a una —digo, y Malo espera a que continúe—. Por qué vinieron aquí. Mira.

Señalo los restos de la semilla estrellada, el agujero donde encontré a Ignos hace tanto tiempo.

—No eligieron este lugar al azar. —Camino hasta el borde del foso. Aparto los recuerdos que se acercan, el momento en que no podía sentir mis brazos y piernas, la tinta negra que succionaba—. Querían esta semilla. Quieren a Ignos.

—Sabíamos que te querían a ti. —Malo no parece impresionado.

—Pero no a mí. —Me miro a mí misma—. Al menos, no creo que quieran a Kaishi. Lo que quieren es a Ignos, el dios dentro de mí.

Malo inclina la cabeza.

—¿Ignos está dentro de ti? ¿Físicamente?

—No lo sé —digo—. Cuando conocí a Ignos, encontré uno como este, pero mucho más pequeño. Ignos dice que era suyo. Así que debe haber venido dentro de él, ¿verdad?

Así fue.

—¿Por qué un dios necesitaría viajar dentro de una nave tan pequeña? —pregunta Malo, luego se vuelve hacia la más grande y nueva—. Si estos dioses vienen en algo mucho más grande, entonces quizás realmente estemos en problemas.

—Padre dijo que había dos de ellos. ¿Crees que podríamos perder ante tan pocos?

Malo niega con la cabeza.

—Hace una estación, habría dicho que no. Ahora, con lo que hemos visto, con lo que hemos desatado... No lo sé, Kaishi. No sé si tenemos algún lugar en una guerra entre dioses.

Asiento. Ignos había insinuado algo similar. Lo cual hace que lo que digo a continuación sea más fácil.

—Malo, si han venido aquí por mí, por Ignos, y no podemos detenerlos... —Malo capta el tono de mi voz, presta mucha atención—. Les dejaré que me lleven. Haré que prometan dejar en paz al resto de nuestra gente. Así sobreviviremos.

—Pero tú no.

—El Emperador, cuando nos enfrentamos a los Charre, cabalgó al frente —digo, recordando—. Se puso delante de su ejército, de su gente, conociendo los riesgos. Sabiendo que su sacrificio valdría la pena. Yo puedo hacer lo mismo.

Malo pone una mano sobre mi hombro.

—Entonces, mi Emperatriz, no debemos fallar. Expulsaremos a estos dioses de nuestras tierras y les haremos entender que no somos su presa. Volverás a tu ciudad como una salvadora, y el mundo que tú e Ignos visualizáis se hará realidad.

Su contacto, sus palabras me hacen sonreír.

—Eso espero, Malo. De verdad.

Nos quedamos en la nave un poco más, pero no podemos encontrar ninguna forma de entrar, así que cuando Ignos se desliza hacia el horizonte, doy la orden de regresar a la aldea. Por la mañana marcharemos de nuevo. Hacia el Este, a través del resto de la selva y hacia las montañas. Hacia los Lunare.

Hacia la guerra.

CAPÍTULO 12

UNA INSPECCIÓN

SIETE FASSOTHS y ahora diecisiete guardias. Sax calcula que él y Bas podrían desenvainar sus armas y derribar a una o dos de las grandes criaturas con sus mineros antes de que los demás los aplastaran. Lo que dejaría a la Sevora libre para continuar su dominio.

No. Una pelea no es la solución. Sax relaja sus músculos y aleja sus garras de las barras enganchadas a su máscara.

—Nos tienen —dice Bas, leyendo los movimientos de Sax—. Aunque nunca dijimos que queríamos hacerles daño.

—No se trata de lo que dijeron, sino de lo que son. Soy Avril, y los Lunare a quienes amenazan son mi gente —la voz proviene de la parte superior de uno de los edificios, y Sax nota, asomándose sobre el techo plano, a una hembra de la especie. Es la primera que ve con el pelo blanco como la nieve y un rostro mucho más pálido que el resto—. Monstruos, ¿tienen nombres? ¿O debo pensar en ustedes solo como pesadillas?

También es la primera que los mira sin miedo.

—Somos visitantes —sisea Sax, y ambos revelan sus

nombres. Hay poco riesgo en hacerlo: o bien esta es la anfitriona Sevora y todos estarán muertos en breve, o no lo es, en cuyo caso los Oratus se irán y nunca volverán—. Estamos buscando un problema que decidió aterrizar en su mundo.

Sax y Bas realizan una evaluación inmediata de Avril. Los guardias le muestran una obvia deferencia, así que debe ser la líder. Sin embargo, no ha ordenado que los maten, lo que cualquier Sevora haría. A menos que ya haya comenzado a reproducirse. A menos que pretenda capturar a los Oratus también.

—Podría argumentar que ustedes son el problema —dice Avril, sin moverse de su posición, y Sax ve un par de sombras detrás de ella. Probablemente más guardias—. ¿No interrumpieron mi fortificación fuera de la montaña? ¿No han obligado a mis soldados a traerlos aquí?

—Lo que hicimos no es nada comparado con lo que sucederá si nos impiden completar nuestra misión —responde Bas.

—Entonces convénzanme. Ahora.

—¿Es usted libre? —pregunta Sax antes de que Bas pueda decir algo.

—¿Libre?

—¿Toma sus propias decisiones? ¿Su gente puede decidir por sí misma qué hacer con sus vidas? —Sax evita la ironía en esto, ya que sabe que él no tiene tal libertad para su propia existencia. Aun así, si tuviera elección, Sax elegiría estar justo aquí.

Bueno, tal vez no justo aquí, rodeado de muerte, pero...

—Lo soy. Los Lunare lo son —Avril ahora está curiosa, relajándose.

—Lo que buscamos cambiará eso. Les arrebatará esa libertad y los convertirá en esclavos. Cascarones hechos para servir sus deseos.

—Si nos encontráramos con tal criatura, la destruiríamos.

—Los Sevora no permanecen a la vista —interrumpe Bas—. Se deslizan dentro de su mente, los toman cuando no están preparados. Podrían estar aquí, ahora mismo, y ustedes nunca lo sabrían.

—¿No pueden ser vistos?

—Viven dentro de ustedes —Sax escanea a la multitud mientras dice las palabras, y ve cómo los ojos de los guardias siguen los suyos.

Surgen murmullos y se extiende la incertidumbre. Las preguntas saltan a una docena de bocas y mueren sin ser formuladas, mientras Sax observa cómo los guardias evalúan a sus amigos. ¿Quién entre ellos podría ser una de las mascotas de esta criatura?

—Debe haber alguna señal de esta cosa que buscan —dice la mujer—. O ¿por qué estarían aquí buscándola?

—Un Sevora —dice Bas— primero busca reconstruir su propia sociedad. Crear un mundo donde su especie pueda florecer. Sabrán de su presencia por la repentina chispa de genialidad. Por los milagrosos inventos de cosas desconocidas para su mundo.

Estas palabras impactan a la mujer y su rostro se sumerge en la reflexión. Pasa un largo momento antes de que hable.

—No hace mucho, una gran fuerza nuestra salió de estas montañas con la intención de poner fin a los constantes conflictos que han plagado estas tierras. Tribus en guerra que nunca parecen cansarse de enviar a los hijos de los demás a la cima de los altares. Preferimos no sacrificar a los nuestros y pensamos en extender nuestras costumbres más civilizadas. Sin embargo, nuestra fuerza fue detenida. Frenada por un ejército con armas que no deberían tener, más allá de nuestras propias capacidades. Armas que no tenían hace meses.

—¿Al este de aquí? —pregunta Sax.

Avril niega con la cabeza.

—Al oeste. El imperio Charre. Gobernado ahora, según me han dicho, por una joven sacerdotisa. Una que, como dicen, llegó al poder con una serie de milagros. Que promete mucho y luego cumple.

El anciano de la aldea. El viejo. O bien mintió o Avril está mintiendo ahora. Una táctica Sevora. Si Bas y Sax hicieran lo que Avril está sugiriendo, si se fueran y regresaran todo el camino al oeste, perderían mucho tiempo. Suficiente para que un Sevora ideara un escape o desarrollara herramientas más letales.

—Podemos hacerle una oferta —dice Sax, y Avril espera, dejando que Sax continúe—. Déjenos examinarla. Comprobar que está libre del Sevora. Si lo está, entonces nos iremos y buscaremos a esta sacerdotisa que menciona.

—¿Y si no lo estoy?

—Entonces no sentirá nada —responde Sax—. Su muerte será rápida, indolora.

—La suya no lo sería —dice Avril—. Si me matan aquí, tantos descenderán sobre ustedes que mi gente los reducirá a la nada.

—Entonces esperemos que no lleguemos a eso.

Avril recibe las palabras sin emoción, pero desaparece del tejado. Momentos después, empuja la puerta principal de una de las tiendas cercanas. Camina hacia Sax, quien la mira con determinación dentada.

—¿Cuál es su prueba? —pregunta Avril.

—Quédese quieta —responde Sax.

Alcanza detrás de él y agarra una delgada barra

plateada unida a la parte posterior de su máscara. La lleva hacia adelante y la sostiene junto a la cabeza de Avril.

Los guardias a su alrededor se tensan, y los Fassoths se inclinan hacia adelante en sus sillas, listos para cargar ante la más mínima orden. Con su garra delantera derecha, Sax gira la barra plateada para que quede a nivel de la oreja izquierda de Avril. Ella lo está mirando fijamente ahora, de cerca, y él puede ver que sus ojos son de un color rojizo-rosado. Un color fascinante.

Sax mueve la barra plateada hasta que toca la oreja de la mujer, y luego presiona en una ligera hendidura a un tercio del camino hacia arriba del dispositivo. Emite un zumbido, una frecuencia demasiado alta para que ellos la escuchen, pero Sax siente las vibraciones. Un Sevora las sentiría a lo largo de todos sus numerosos nervios, sacudiéndose y desalojando a la criatura, impulsándola a escapar de la punzante agonía.

No ocurre nada, y Avril continúa mirando fijamente a Sax hasta que este retira la barra.

—Cuénteme más sobre esta fuerza en el Oeste —sisea Sax, y las comisuras de la boca de Avril se curvan en una sonrisa.

PASAN varios días más de marcha antes de que las murallas de madera del puesto avanzado Lunare se materialicen entre la niebla matutina de la selva. Una barrera que mi fuerza puede atravesar fácilmente incendiándola.

Espero que no tengamos que hacerlo.

Un par de Lunare, de pie sobre la puerta con sus armas listas, nos miran fijamente a Viera, Malo y a mí mientras nos acercamos. Existe la posibilidad de que simplemente nos disparen, así que un trío de guerreros Charre, sosteniendo escudos gruesos, largos y anchos, marcha al frente. La cobertura no es total, pero reduce las probabilidades de un buen disparo, y mi línea de arqueros con los arcos tensados y las flechas listas asegura que los Lunare solo puedan disparar una vez.

—Venimos a hablar —grito, mientras los dos guardias no dicen nada ante mi aproximación.

—¡Mucha gente solo para hablar! —responde el guardia de la derecha.

—Es un tema peligroso —digo—. ¿Dónde está el líder de este puesto avanzado?

—Ocupado.

—¿Sabes con quién estás hablando? —interrumpe Viera —. Esta es la Emperatriz de los Charre. La tratarás con respeto, o te dispararé donde estás.

Me siento a la vez molesta y halagada por la respuesta de Viera. Es agradable saber que se preocupa, aunque no quiero una pelea aquí si puedo evitarlo. No traje los miles y miles de guerreros que necesitaría para asaltar a los Lunare. Es una fuerza quirúrgica, con un solo objetivo.

—Sé perfectamente con quién estoy hablando —dice el guardia—. Y no soy parte del Imperio Charre, así que le hablaré como me dé la gana.

—Viera —digo en voz baja, con firmeza—. Déjame esto a mí.

Me sorprende un poco cuando, con una leve inclinación de cabeza, mi amiga accede y se mantiene callada. Respiro hondo, miro de nuevo al guardia, que ahora lleva una sonrisa estúpida. Como si hubiera ganado una pelea.

—Dos cosas pueden haber pasado por aquí —comienzo —. Les habrían parecido extrañas. Diferentes a todo lo que hayan visto antes. Me estaban buscando.

Han estado aquí. Los guardias lo están revelando con sus miradas. Incluso yo capto el rápido destello entre los guardias, un momento de acuerdo silencioso para decidir cómo responder. El hecho de que no estén desconcertados o confundidos me dice todo lo que necesito saber.

—Hemos visto de lo que hablas. Dos de ellos. Monstruos de aspecto amenazador. —El guardia señala por encima de su hombro, hacia la montaña que se eleva detrás del puesto avanzado—. Los estamos llevando a Lunare ahora mismo. Querían hablar con nuestra propia líder, Avril.

—¿Hablar? —pregunto.

—No sé si será más que eso —dice el guardia—. El punto es que están al otro lado de estos muros, que es un lugar que no verás en un buen tiempo. Si yo fuera tú, me llevaría tu ejército y me iría a casa.

Tengo dos opciones: puedo ordenar un asalto, atacar el muro y, tal vez, ganar. Perdería hombres, pero nos preparamos para esto anoche. O puedo retirarme. Esperar a ver qué sucede.

Están aquí por ti. Por mí. Lo que sea que encuentren en esa montaña no será lo que están buscando. Sin embargo, sabemos que volverán una vez que sepan que estás aquí. Podemos usar eso. Prepararnos.

—¿Puedes llevar un mensaje por mí? ¿De la Emperatriz Charre? —le digo al guardia, que se encoge de hombros—. Para Avril, o para esas criaturas, si se les puede encontrar. Hazles saber que estoy aquí esperándolos.

—Si quieres meter a tu ejército en la selva fangosa, adelante —dice el guardia—. Transmitiré tu mensaje, y cuando esas cosas te despedacen, iremos justo detrás. Tomaremos lo que de todos modos debería ser nuestro.

Estoy tentada de levantar la mano. Dejar volar las flechas. Pero una Emperatriz no puede ceder ante la tentación. Tiene que pensar en su gente primero. Eso es lo que hizo Padre, y eso es lo que hago ahora cuando ordeno a nuestra banda retroceder; los tres guerreros que sostienen los escudos los levantan, proyectando sombra sobre mi espalda.

—¿Pretendes que esperemos? —dice Malo tan pronto como estamos bajo la cobertura de los árboles—. ¿Que nos sentemos aquí mientras los Lunare planean una emboscada o un asalto a gran escala?

—No podemos regresar, Malo —respondo—. Haz que

nuestros guerreros monten el campamento. Que enciendan fogatas para cocinar. Y que preparen defensas.

—Así que sí esperas una pelea aquí —dice Viera, y no parece demasiado decepcionado con la idea.

—Ignos cree que estas criaturas nos perseguirán de todos modos. Así que sí, una vez que se den cuenta de que los Lunare no tienen lo que están buscando, creo que vendrán por mí.

—Por eso deberíamos volver a Damantum —argumenta Malo—. Allí tenemos murallas fuertes y miles que lucharán por ti. Venir hasta aquí fue un error.

—Miles que morirán por mí, Malo. —Me apoyo contra un árbol, su corteza fría es algo que he sentido muy poco en mis meses con los Charre—. No puedo arriesgarme a que estas cosas destruyan Damantum para llegar a mí.

—Creo que ella ya ha tomado su decisión, hombre león. —Viera se mueve a mi lado y coincide con mi mirada hacia Malo, quien le lanza una mirada rápida a Viera.

—Kaishi, me pediste que liderara tus guardias. Tus ejércitos —Malo habla con calma ahora, en el tono que indica que quiere mi atención plena—, no soy el guerrero más experimentado que tenemos, ni el general más brillante entre tus filas, así que solo puedo creer que me pusiste aquí porque confías en lo que tengo que decir.

—Porque eres mi amigo —respondo.

—Entonces escúchame ahora. —Malo señala de vuelta hacia el puesto avanzado Lunare—. Ellos no se quedarán sentados mientras una fuerza Charre descansa fuera de sus fronteras. Esperaremos a estas criaturas, y mientras lo hacemos, los Lunare prepararán su propio ataque. De un solo golpe, nos eliminarán a todos, y nuestro país se quedará sin sus líderes. Es un error peligroso quedarnos.

Los Oratus, las cosas que te persiguen, no esperarán. Una

vez que sepan que estás aquí, vendrán, estén estos Lunare listos para seguirlos o no.

—Ignos dice que las criaturas vendrán por nosotros rápidamente —digo—. Nos prepararemos y esperaremos aquí durante dos días. Si después de ese tiempo las criaturas no han atacado, nos retiraremos.

No es lo que Malo quiere oír, pero sigo siendo la Emperatriz. Sigo siendo su líder, y el guerrero león no me desafía. Malo se da la vuelta, grita las órdenes, y mi grupo estalla en actividad.

Mi mano derecha se queda sobre la empuñadura del fragmento, y espero a que la muerte venga a por mí.

CAPÍTULO 14

DISEÑOS MORTALES

DESPUÉS DE PASAR mucho tiempo bajo tierra, la luz del día es mucho más brillante. Solo toma un momento para que la máscara ajuste los filtros para Sax, sombreando su visión y permitiéndole ver claramente el frente de la montaña, donde las fuerzas Lunare esperan alineadas detrás de su muro de madera. Varios Fassoths se encuentran entre los guardias, atados con gruesas cuerdas a torres que descansan sobre grandes ruedas. Los soldados Lunare trepan por ellas, tomando posiciones, como si esperaran un ataque en cualquier momento.

—El enemigo está esperando justo más allá de nuestros muros —explica Avril al notar que Sax y Bas observan. La líder Lunare había regresado con ellos y los había bombardeado con preguntas en cada momento del camino.

Al principio, Sax intercaló algunas de las suyas, preguntas sobre la cultura y los métodos Lunare, cómo crecieron y se desarrollaron bajo las montañas. Sin embargo, las respuestas de Avril resultaron insatisfactorias. Vagas y llenas de incógnitas, aunque Sax supone que sus explicaciones divagantes se deben tanto a la falta de conocimiento de Avril como a cualquier deseo de engañar a los Oratus.

Lo que sigue quedando claro, sin embargo, es que los Sevora no tienen lugar en la sociedad Lunare. Ninguno de los métodos, los sistemas empleados por estas personas que habitan en cuevas, coincide con lo que Sax ve en los parásitos. Son limpios, incluso si la presencia de cosas como los Fassoths le parece extraña a Sax.

Sin embargo, cuando Avril tomó el control del interrogatorio, fue el turno de Sax de evadir. Ella quería descripciones técnicas, planos e instrucciones sobre cómo crear las máscaras, los mineros, sobre cómo navegar por las estrellas como lo hacen los Oratus. Sax solo le dio las ideas más vagas, los bocetos más sueltos.

Bas contribuyó con silencio. No es trabajo de los Oratus introducir a nuevas especies en el ámbito galáctico.

—¿Atacarán? —pregunta Sax a Avril—. ¿El enemigo?

—Me han dicho que han instalado su campamento fuera de alcance, pero cerca. Han levantado fortificaciones menores. No se molestarían con eso si los Charre fueran a moverse contra nosotros pronto.

—Entonces están preparando una trampa.

—No lo llamaría una trampa —dice Avril—. Están esperándolos a ustedes. Los respetan.

—¿Cuántos son?

—Varios cientos. No es una fuerza grande.

Avril no lo dice, pero su respuesta lo deja claro: estos Charre han venido solo por los Oratus. Para llevarse a Sax y Bas y acabar con su amenaza. Y la única razón por la que sabrían que los Oratus son una amenaza es si un Sevora se lo dijo.

—Atacaremos esta noche —dice Sax.

—¿Necesitan apoyo?

Sax está a punto de decir que no, pero Bas se le adelanta: —No necesitamos nada, pero, si están dispuestos a ofrecerlo, una distracción facilitaría las cosas.

—Creo que podemos proporcionar algo. —Avril señala las torres móviles—. Tienen cañones. Ruidosos, grandes y perfectos para llamar la atención.

Ya casi están al final del camino de la montaña, pisando fuerte sobre la grava. Ignos se desliza en su descenso vespertino, y las nubes lo persiguen, prometiendo lluvia. Mejor cobertura para su asalto.

—Avril —Sax prueba el nombre, pero el silbido lo estropea—. ¿Por qué nos está ayudando?

—Porque sin su emperatriz, los Charre caerán.

Sax hace una pausa, sorprendido por la falta de engaño. Ningún intento de disfrazar sus ambiciones desnudas. Aunque, por otro lado, a Sax no le importa lo que pase en este planeta, o con esta especie. Lo importante es que los Sevora no ganen el control.

—¿Eso le preocupa? —pregunta Avril, viendo la vacilación de Sax.

—Mi misión no tiene nada que ver con sus luchas de poder —dice Sax—. Mientras encontremos a los Sevora, nada más importa.

La lluvia y la oscuridad caen poco después, acompañadas por los estruendos del trueno y los relámpagos que surcan el cielo. Sax y Bas se reúnen al frente de la fuerza Lunare, con Avril observando desde lo alto del muro de madera. Es una rápida comprobación para asegurarse de que ambos, recién alimentados con sopas de hongos y carne de criaturas de la jungla, están listos; máscaras sintonizadas para visión nocturna, mineros cargados y operativos, viales de estimulantes a mano si es necesario.

Sax levanta su garra delantera derecha hacia Avril,

quien levanta su mano derecha en respuesta. Luego, los dos Oratus saltan. Primero, hasta el nivel de Avril. Mientras se agachan, listos para trepar, Sax oye a Avril decir: —Buena suerte, dioses. Espero que encuentren lo que vinieron a buscar, y espero no volver a verlos nunca.

—De acuerdo —sisea Sax en respuesta, y luego están sobre el muro.

Tanto Sax como Bas tocan el suelo en cuclillas, luego se lanzan hacia la izquierda. Fuera del camino principal y hacia los árboles. No van lejos antes de escalar un par de árboles de tronco grueso y frondoso. Suben hasta la cima, donde los dos asoman por encima del dosel, donde el viento y la lluvia azotan sus máscaras.

Desde aquí pueden ver, incluso en esta tormenta, los destellos naranjas dispersos de los fuegos. A nivel del suelo, bajo el dosel, suficiente agua de la lluvia es bloqueada para permitir tales cosas. No es que Sax se queje: un camino claro hacia su objetivo es todo lo que puede pedir.

Juntos, ambos corren de un árbol a otro, sincronizando sus saltos con los relámpagos y los fuertes retumbos de los truenos. Es un avance lento, pero Avril pidió tiempo para poner en marcha esas cosas enormes, y es mejor para los Oratus si no son vistos.

Pero estos humanos no son tontos. O los Sevora los han instruido bien, ya que poco después Sax salta a otro árbol y casi termina aterrizando sobre uno de ellos. El guerrero está cubierto de corteza y suciedad, aunque la lluvia la lava en franjas. Aun así, en la noche, es prácticamente invisible, y Sax solo se da cuenta de su presencia cuando el guerrero suelta un grito de sorpresa.

Sax está en una rama gruesa, y su cola ya está envolviéndose alrededor del tronco del árbol, una forma de estabilizarse en caso de que la rama se quiebre. A menos de un metro de distancia, en una segunda rama, se agacha el humano, ya recuperándose de su sorpresa y girando su pequeño arco y flecha para apuntar. Sax no tiene tiempo de sacar un arma, así que en su lugar se inclina hacia adelante, hacia el árbol, y muerde la rama que sostiene al hombre. Los dientes de los Oratus pueden cortar metal, y la madera se deshace como pelusa frente a esas cuchillas.

El hombre desaparece, estrellándose hasta el suelo de la jungla. Podría sobrevivir, pero cuando Sax observa en busca de movimiento, bloquea la lluvia y enfoca la máscara en el cuerpo, no hay sonido.

—Tienen exploradores en los árboles —dice Sax, la máscara conectándolo con Bas y enviándole las palabras.

—¿Viste uno?

—Sí. Cayó.

La risa sibilante de Bas llega a través de la máscara, y Sax no puede evitar unirse. En silencio, eso sí.

Luego, es hora de pasar al siguiente árbol.

Eventualmente, fuegos chisporroteantes se extienden debajo de ellos. Grupos de guerreros, vestidos de manera más simple y escasa que los Lunare, se apiñan alrededor de las llamas. Refugios improvisados y pequeñas tiendas cubiertas con pieles de animales salpican el área, la pequeña concesión al refugio aquí. Como dijo Avril, esto es un campamento, pero no un asentamiento. Nada aquí está hecho para durar.

No es difícil detectar al cuarteto de guardias frente a un fuego más apartado que los otros. Los cuatro están en atención tensa, con lanzas en sus manos, mirando hacia afuera. Incluso hacia arriba, pero Sax y Bas —que está en lo alto de un árbol a cinco metros de distancia de su pareja— están demasiado lejos para ser vistos en la oscuridad. Para Sax, los guardias aparecen como formas verde brillante, y detrás de ellos, arrodillados alrededor del fuego, hay otros dos.

Uno es más pequeño que las otras criaturas. Avril y los otros Lunare sugirieron que el huésped Sevora es joven. Este tamaño encajaría.

Un retumbo de trueno es seguido, momentos después, por un estruendo más fuerte y directo. Algo rompe los árboles muy a la derecha de Sax; los Lunare planean disparar lejos del campamento, para evitar golpear a los Oratus.

Sus objetivos no ignoran el sonido. Los guerreros sentados debajo de Sax se ponen de pie de un salto, agrupándose en partidas y corriendo hacia el bosque. Los cuatro guardias alrededor de su objetivo se giran en dirección al ruido, pero no abandonan sus puestos.

—Bien entrenados —sisea Sax.

—No supondrán un problema —responde Bas.

Y ahora hay un quinto, corriendo desde las filas de guerreros que se apresuran. El cuarteto se aparta para él. Uno más del que ocuparse. Y rápidamente; los Lunare no se están comprometiendo a un ataque, es una distracción y nada más. Los Oratus no tienen una ventana de tiempo larga.

—No podemos esperar —dice Sax. Escucha un siseo de acuerdo.

El Oratus se lanza desde el árbol, hacia los cuatro guardias, con las garras extendidas y listas.

CAPÍTULO 15

FURIA COMBATIDA

EL SEGUNDO ESTALLIDO me lanza al suelo. No porque caiga cerca de mí, no porque haya hecho explotar la tierra a mis pies o destrozado las ramas sobre mi cabeza, sino porque me transporta al último momento en que libré una guerra, hace solo unos meses, en los desiertos del oeste, donde estruendos como estos anunciaron mi ascenso a Emperatriz.

Viera me ayuda a levantarme en un instante, y noto que en su mano izquierda ya tiene una de sus pistolas desenfundada. Mis cuatro Sombras se despliegan, formando una barrera flexible entre nosotros y el lugar de donde provino el ruido. Los gritos de los Charre llamando a los grupos para que se reúnan, para que marchen en busca del enemigo, resuenan entre el estruendo de la lluvia.

—¿Estás bien? —pregunta Viera mientras me pongo de pie.

—Bien —respondo—. Solo sorprendida. No pensé que los Lunare atacarían.

—Yo tampoco.

Malo se abre paso entre las Sombras, mirando fijamente a Viera y a mí, asegurándose de que no esté herida.

—Nos estamos desplegando para entablar combate —dice Malo—. Aunque lanzar fuego desde lejos no es una estrategia normal de los Lunare.

—Podrían estar intentando ver cómo reaccionaremos, para atraernos más cerca de sus muros —responde Viera.

—Mis guerreros saben que no deben avanzar tanto —dice Malo—. Se mantendrán bien alejados de los muros, pero si los Lunare realmente pueden atacarnos desde dentro de su refugio, tendremos que movernos, Emperatriz.

Estoy a punto de estar de acuerdo con Malo cuando un relámpago vuelve a brillar, partiendo la noche en una ola de luz. Mis ojos se elevan para seguir el rayo y, en ese momento, veo una forma extraña y antinatural entre las hojas. No soy la única; las Sombras también gritan su alarma. Viera me empuja detrás de ella, desenfundando su otra pistola. Alcanzo mi fragmento, Malo saca su kukri mientras las Sombras retroceden hacia nosotros, donde pueden luchar como una unidad.

Ni siquiera tienen una oportunidad. Rayos de un azul brillante, algo que nunca había visto antes, salen disparados como el relámpago de arriba y golpean a las Sombras desde dos lados. Cuatro destellos, y mis cuatro guardias yacen ardiendo en el suelo. Ni siquiera tengo tiempo de asimilar lo que ha sucedido antes de que sus atacantes aterricen en el suelo del bosque frente a mí.

Sé inmediatamente que estas son las cosas que Ignos teme. No se parecen a nada excepto a mis pesadillas, con sus cuatro largos brazos con garras, colas ondulantes y bocas llenas de dientes abiertos. Ahora también están siseando, un rugido áspero que me hace retroceder otro paso.

Oratus.

—Más feos de lo que pensaba que serían —anuncia Viera, y luego levanta sus pistolas y dispara ambas.

Los disparos golpean a la criatura de la derecha, una amenaza de escamas grises, y parece que aparecen grietas como telarañas en la piel de la criatura. Pero nada más. Ni tambaleo, ni caída al suelo, ni vuelco hacia atrás. En cambio, el monstruo se lanza hacia adelante en dirección a Viera, sus dos garras delanteras desgarrando hacia la garganta de la Lunare.

Malo salta frente al ataque, sus dos kukris interceptando los embates de la criatura. Sin embargo, el Oratus —uso el nombre de Ignos para ellos automáticamente, como un instinto— tiene dos garras más, y las usa para agarrar la cintura de Malo y lanzar al guerrero a un lado. Viera está intentando recargar, pero apenas logra preparar una antes de que el Oratus de escamas rosadas esté sobre ella, usando su cola para hacerla tropezar y luego inmovilizarla contra el suelo.

Dejándome sola frente a las dos criaturas.

—¿Qué quieren? —pregunto, aunque creo saberlo.

—¿Eres tú la Emperatriz? —pregunta el de escamas grises, hablando mi idioma sin problemas con su voz áspera.

—Lo soy —digo—. ¿Por qué nos están atacando?

Los dos Oratus se miran entre sí, luego el rosado me mira.

—Sevora, no intentes mentirnos. Sabemos lo que eres.

—¿Sevora? —Nunca he escuchado esa palabra en mi vida.

—Sabes lo que somos —continúa el rosado—. Puedo ver el conocimiento en tus ojos...

—¡Ignos me lo dijo! —grito, desesperada por evitar que lastimen a Viera.

Puedo ver a Malo levantándose del suelo, con cortes superficiales en los costados donde el de escamas grises lo había arañado. En otro momento, tal vez, el guerrero podría tomarlos por sorpresa.

—¿Ignos? —Ahora es el turno del de escamas grises de hablar.

—Mi dios —digo—. La voz dentro de mi cabeza.

—¿El que vino de la semilla estrellada?

—¿Semilla?

Puede haber una forma de sobrevivir a esto, Kaishi. Diles la verdad. Toda la verdad.

—Habría caído en la jungla. Lo habrían encontrado, un óvalo, en un pozo rodeado de rocas y cosas ardiendo.

Atrapo la mirada de Malo con la mía, sacudo la cabeza ligeramente para mantener al guerrero alejado. Basándome en cómo el de escamas grises manejó el ataque de Malo, temo que otro asalto solo lo lastime más. Estoy lista para probar la idea de Ignos, así que comienzo a contar la historia. Hablo rápido, pasando ligeramente por los detalles, y los dos monstruos escuchan toda la historia.

—¿Te importaría aflojar tu cola? —tose Viera—. Apenas puedo respirar aquí.

Me sorprende ver que el rosado escucha y levanta ligeramente su cola del pecho de la Lunare. No me sorprende tanto ver al gris agitar su cola repentinamente, atrapar las piernas de Malo y hacerlo caer.

—Vendrás con nosotros —dice el rosado—. Ahora.

—Entonces iremos con ella —anuncia Viera.

—No —dice el de escamas grises.

—Sí —digo yo—. O pelearé contra ustedes. Y no creo que quieran matarme.

Después de todo, si quisieran que estuviera muerta, los dos Oratus podrían haberlo hecho ya.

De nuevo los Oratus se miran entre sí, luego vuelven a

mirarme. Entonces el de escamas grises da un paso adelante, veo que la cola se mueve, y hay un dolor agudo.

Nada más.

CAPÍTULO 16

DECISIONES VITALES

TODOS DEBERÍAN ESTAR MUERTOS. Los tres. Una, la Emperatriz, la joven hembra, debería ser la primera ejecutada. Luego los otros dos con ella en la bodega, para estar seguros. Bas los toma como controles. Para comparar su biología natural, no Sevora, con la infectada.

Un experimento inútil.

Sax y Bas habían venido a este planeta para encontrar a los Sevora, y lo habían logrado. Un zarpazo de sus garras y esto estaría resuelto. Pero Sax no puede desafiar a su pareja tan fácilmente. No allí, en esa selva tormentosa. Así que Sax ayuda a Bas a sacar a los tres humanos. Los carga en una larga carrera a través de la selva, con paquetes de Stim —Bas superando su aversión por la droga debido a la necesidad— que sirven para mantenerlos en movimiento incluso cuando el agotamiento debería derribarlos. Los asustados humanos no hacen nada; las afiladas garras cerca de sus gargantas son un recordatorio constante de las consecuencias.

Ahora están en la lanzadera. Los tres prisioneros metidos atrás. La que tiene las pistolas, la que había fracturado la máscara de Sax, no ha dejado de hablar. Alternando entre amenazas y preguntas. Sax había querido callarla, sugiriendo que un solo control humano —el guerrero silencioso y herido— era suficiente. De nuevo Bas se negó. Dijo que deberían tratar de aprender todo lo que pudieran.

De alguna manera, ella piensa que esto es clave. Que los Sevora pueden ser controlados si el Oratus puede averiguar qué hace que estos humanos sean tan especiales. Sax mira desde el terminal y su programa de información hasta Bas. Ha terminado de enviar toda la información, que se está transmitiendo a la nave de Evva.

Tendrán que esperar, en órbita, para ver qué ordena Evva a continuación. Para ver qué quiere hacer el comandante Oratus con esta nueva especie. Con este nuevo problema.

—Crees que estoy siendo demasiado blanda —dice Bas, leyendo su mente.

Como siempre.

—Comenzamos, Bas, como una respuesta —gruñe Sax, no puede ocultar su frustración—. Somos la solución al problema Sevora. Y sin embargo, ¿aquí estamos perdonando a uno? ¿Estamos tomando una especie que no conocemos? ¿Una especie que no nos importa? ¿En lugar de completar nuestra misión?

—Sacude la sed de sangre de tus ojos, Sax. Nuestra misión es librar a la galaxia del problema Sevora. No matarlos a todos.

—Ha funcionado bien hasta ahora.

—¿Lo ha hecho? —Bas se acerca a la consola, cambia del programa de información al repositorio de datos estándar en cada nave Vincere.

Una enciclopedia de mundos, razas, historia. Todo allí para referencia según sea necesario. Sax sabe lo que va a mostrar, mira de todos modos mientras ella presiona a través de las pantallas y llega a una narrativa de su propia raza.

Una historia brutal se muestra en el parabrisas, fuera del cual el planeta azul-verde gira hacia la izquierda mientras continúan su órbita. Es un gráfico, principalmente. Una línea de tiempo que cubre todos los eventos principales que resultaron en que ellos dos estén aquí ahora.

—Mira todas las peleas. Mira todas las veces que nos encontramos con los Sevora sobre un mundo u otro. Les lanzamos todo lo que tenemos ciclo tras ciclo. Los perseguimos hasta un final inevitable tras otro y luego regresan. —Hay un calor en la voz de Bas que Sax no ha escuchado en mucho tiempo.

Sed de sangre, el impulso común Oratus de matar. Es la culminación de sus pasiones. Una mezcla de instinto y amor que se une para convertir a los Oratus en la pura devastación que deberían ser. Sin embargo, en su voz ahora, Sax escucha ese mismo impulso.

—¿Cuántas veces hemos llegado a lo que dijimos que era la última nave semilla? ¿El último Sevora? Solo para ganar y descubrir que los Sevora ya se han movido. Que ya están creciendo. Entonces todo comienza de nuevo. Miles de millones y billones de vidas quemadas. Incluyendo las nuestras.

—¿Las nuestras? —Sax mira sus garras. Él todavía está vivo, hasta donde puede decir.

—¿Qué hemos hecho, Sax? ¿Un viaje en la Nova? ¿Una estrella moribunda? El resto es todo batalla. El resto es toda sangre y gore y garras y desgarros. Arriesgando nuestras vidas en esta lucha interminable. ¿Esos tres allá atrás? ¿Los humanos? Si tienen la clave para bloquear el control Sevora, entonces debemos aprender de ellos. Descubrir cómo terminar con esto.

—¿Y si te equivocas? —responde Sax—. ¿Y si el Sevora está mintiendo, si es inteligente, y deja al humano para infectarnos? ¿Entonces qué? ¿Vale la pena arriesgar todo por esto?

—Creo que sí.

Sax se levanta a toda su altura. Bas lo iguala y se miran a los ojos.

—Estamos hechos para ser armas, Bas. No somos científicos. No investigamos ni diseñamos la galaxia. No estamos destinados a ser más que espadas para atravesar a nuestros enemigos. Tenemos uno aquí. —Al no ver cambio en el rostro de Bas, Sax ajusta el rumbo—. Hagamos un compromiso. Si el Sevora tiene a la criatura bajo su control, entonces es un riesgo. Incluso si está resistiendo al Sevora, ¿quién sabe por cuánto tiempo? Podemos matar al infectado ahora. Completar la misión. Luego informar a Evva sobre los otros dos. Pueden ser estudiados. Se puede obtener más de este planeta.

—¿Cuánto tiempo tomará eso, Sax? ¿Cuántos ciclos más? —Bas no cede—. Ni siquiera quieres intentarlo.

—No quiero perdernos —dice Sax—. No quiero que suceda algo que no necesita suceder. Casi hemos ganado esta guerra, Bas. No la perdamos ahora arriesgándonos. —No está haciendo mella en ella, así que Sax aumenta nuevamente su oferta—. Hagamos esto, Bas, y solicitaré tiempo. Sabes que lo hemos ganado. Evva nos lo dará. Podemos volver a la Nova o a otro lugar. Ver algunas de estas maravillas que nos hemos estado perdiendo. Y dejar que aquellos que saben lo que están haciendo se encarguen de estos. La guerra podría incluso terminar para cuando regresemos.

Esta última propuesta funciona, aunque Bas la acepta con un pesado resoplido de sus conductos y un asentimiento de ojos entrecerrados. Ella todavía cree, Sax lo sabe, que esta es la decisión equivocada. Pero hay medidas, grados en esto. Dejar que un Sevora se libere y tome el control de cualquiera de ellos es un riesgo que no pueden correr. Así que Bas está de acuerdo.

Eliminarán al infectado y mantendrán a los otros para investigación.

La transición a la bodega de carga de la lanzadera implica apretujarse entre pilas de suministros. Cajas y contenedores llenos de papilla nutritiva y Stim. En la parte trasera, utilizando correas para mantener el material estable durante el aterrizaje, están los tres prisioneros. Están atados, sentados en fila con la espalda contra la pared.

—¿Qué planeas hacer con nosotros ahora? —dice la habladora. Le dijo a Sax que su nombre era Viera, pero a Sax le cuesta formar la palabra—. ¿Finalmente decidiste eliminarnos? Veo ese brillo de locura en tus ojos. Nos tomas prisioneros y luego nos matas a sangre fría.

—A ti no —dice Sax. Señala a la criatura infectada, que está recuperando la consciencia—. A ese.

Ya no tiene sentido esperar más. Sax levanta su garra delantera derecha, ignorando los repentinos gritos de Viera. El tercer cautivo, hasta ahora taciturno y silencioso, capta el ambiente y añade sus propias protestas a la mezcla.

Pero hay un sonido que Sax no puede ignorar. El agudo timbre de una transmisión recibida. Sax se detiene. El ruido resuena por toda la lanzadera, asegurándose de que se escuche en toda la nave. No hay forma de que una respuesta llegue tan rápido. No hay forma de que Evva esté respondiendo. Dejó un mensaje largo. Uno que lo describe todo.

Sin embargo, como con toda comunicación oficial, debido al tiempo de transmisión, Sax debe comenzar con la información más importante.

Que se ha encontrado una nueva especie, una que los Sevora no parecen ser capaces de controlar.

—Sax —comienza Bas.

—Sí —suspira Sax, y baja su garra—. Veamos qué tiene que decir.

El mensaje de respuesta es corto. Sin duda porque Evva piensa que Sax va a hacer exactamente lo que ha planeado. Minimizar el riesgo. Eliminar el peligro.

—No la mates. Llévala a la estación Cobalt, en estas coordenadas.

Las órdenes son sucintas y claras.

Sigue una lista de números. Fáciles de introducir en el sistema de navegación de la lanzadera. La estación está a un solo salto de distancia, aunque no es una que Sax conozca. De cualquier manera, la infectada vive.

Por ahora.

CAPÍTULO 17

VISTAS CAUTIVAS

DESPERTAR después de recibir un golpe en la cabeza se siente terrible. Un dolor punzante saluda a mis ojos al abrirse. No me molesta realmente la distracción, porque lo que estoy viendo no tiene ningún sentido. No son las paredes de piedra amarillenta de los templos que he conocido. Ni las selvas verdes y frondosas por las que he caminado toda mi vida. En su lugar, hay una pluralidad de colores entrelazados con gris duro. Grandes cubos apilados a mi alrededor, con etiquetas a rayas que llevan palabras que puedo leer: Nutrientes. Agua. Sacudo la cabeza.

Revuelvo mi cerebro para ponerlo en su lugar.

Ignos farfulla palabras que no entiendo. Al parecer, despertando justo como yo.

—¿Estás despierta, Kaishi? —Es Viera quien habla. Una cascada fresca de alivio me inunda al darme cuenta de que tanto ella como Malo están sentados cerca—. ¿Cómo te sientes? ¿Viva?

—Eso creo —respondo.

Aún no nos han matado. ¿Por qué?

No tengo respuesta para esta pregunta. Estoy demasiado ocupada mirando alrededor. Otras cajas nos rodean en este espacio oscuro y luces verdes brillan en globos en el techo. Tenues. Hay una brisa ligera que atraviesa el aire, aunque carece de cualquier sabor al que esté acostumbrada. Es simple, viciado. Sin olor a nada. Mis oídos captan un sonido constante de trituración que siento en los huesos. Antinatural y constante. Cosas moviéndose a mi alrededor y debajo.

Lucho contra el impulso de entrar en pánico, aunque solo sea porque Viera y Malo me miran con preocupación, y si ellos están estables, si no están gritando y llorando, entonces yo tampoco puedo hacerlo.

—¿Dónde estamos? —pregunto.

—Les oí llamar a esto la lanzadera —responde Malo en lengua Charre, aunque ha aprendido más de mi idioma y el de Viera en el último mes, principalmente, creo, porque está cansado de no saber lo que decimos de él—. Después de que te, eh, dejaran inconsciente, nos llevaron a Viera y a mí. No pudimos defendernos. —Malo aparta la mirada, y puedo notar que está avergonzado. Ha fallado como mi guardaespaldas.

Ha fallado como líder de mis guerreros.

—Lo intentaste —digo—. Te enfrentaste por mí. Luchaste por mí contra algo que no tenías esperanza de vencer.

Decir sin esperanza es quedarse corto.

Siento una ráfaga de ira contra el comentario de Ignos. ¿Sin esperanza de vencerlos? Entonces, ¿por qué? ¿Por qué no estábamos preparados? Ignos tenía que saber que esto iba a suceder.

Nada de lo que pudiera haber hecho os habría salvado. Estaba intentando hacer avanzar a tu gente lo más rápido posible. Nos quedamos sin tiempo.

Esto me parece extraño. Ignos es un dios. Puede controlar el tiempo y todo lo demás. ¿Cómo es posible que no hubiera suficiente? ¿Cómo podríamos no estar preparados?

Porque no soy el único dios. Porque hay otros que buscan luchar contra mí. Y no desean que yo, o tú, tengamos éxito.

—¿Estás bien, Kaishi? —dice Viera de nuevo—. ¿Ignos sigue hablando? Hubiera pensado que se callaría ahora, viendo que no ha hecho nada para ayudarte.

—Estoy tratando de averiguarlo yo misma —digo—. No tiene sentido lo que dice.

—Los dioses rara vez lo tienen.

De repente, los globos verdes cambian a rojo, y un tono bajo resuena por toda la lanzadera. Se escuchan palabras que reconozco pero no entiendo. Una voz sibilante pide preparación. Dice que pronto saltaremos.

¿Saltar?

Es mejor si cierras los ojos. Es más fácil así.

Como si fuera a seguir algo de lo que Ignos dice ahora. No después de lo que ha hecho, o más bien, lo que no hizo.

Así que mantengo los ojos abiertos, y lo lamento.

Es como si el universo se desgarrara. Todo frente a mí, a mi alrededor y dentro de mí parece retorcerse, cambiar y tensarse. Estirarse tanto hasta que siento que la distancia de mi mano derecha a la izquierda es de mil kilómetros. Estoy a la vez en todas partes y en ninguna, con dolor y en el paraíso. Luego vuelvo de golpe. Como un corredor chocando contra una roca. Todos mis sentidos se entumecen y se desajustan a la vez, así que no puedo sentir nada excepto que estoy fuera de lugar.

Mantén la calma. Pasará.

Me doy cuenta de que Malo y Viera están gritando. Las lágrimas corren por mi rostro. Es cuestión de retomar el control de mi propio cuerpo. Volver a unirme, como si fuera un árbol que perdió todas sus hojas y ahora tiene que volver a unirlas a sus ramas una por una.

—Mantened la calma —les digo a Viera y Malo—. Concentraos en vosotros mismos. Encontrad vuestras piezas y volved a unirlas.

No sé si entienden lo que estoy diciendo, o si siquiera me escuchan, ya que siguen gritando incoherencias. Les sigo hablando de todos modos. Con voz suave. Ellos no tienen a Ignos en sus cabezas. No tienen nada que les diga que pasará, que lo que ha sucedido no es fatal. Pero, juntos, los tres nos alejamos del borde. Hasta que, con el rostro de Viera rojo y boquiabierto, y Malo jadeando en busca de aire, estamos bien.

Estamos vivos.

—Atracaremos en breve —la voz de la dorada rosácea. La reconozco, aunque no estoy segura de dónde proviene—. Felicidades. Habéis logrado sobrevivir a un salto.

Su risa sibilante resuena entre las cajas.

CAPÍTULO 18

LA ESTACIÓN ESPACIAL

COBALT CUELGA como una telaraña en un rincón oscuro del espacio. No hay ni siquiera otra estrella cerca. Todas parpadean en la distancia. Pero así es como son los investigadores de Amigga. Sus proyectos son tan secretos —le dicen a los Vincere que es para evitar la contaminación— que construyen sus estaciones lejos de las partes habitables de la galaxia. Donde nadie sabe lo que están haciendo.

Sin embargo, los inventos de Amigga aparecen como por arte de magia. Nuevas naves o dispositivos, métodos para terraformar mundos o curarlos de lo mismo que salió mal. Sax sabe que todas sus armas, la máscara, provienen de Amigga persiguiendo sus propios fines y transmitiendo los beneficios a los Vincere y al resto de la galaxia.

Lo que todos también saben, sin embargo, es que los Amigga eligen lo que transmiten a los demás. Lo que guardan para sí mismos... bueno, Sax no tiene tiempo para especulaciones.

Las órdenes de Evva son claras. Ahora que han completado el salto, el programa de instrucciones recoge más información de la comandante. Sax lo reproduce, con Bas escuchando cerca.

—Supongo que salvaron los especímenes. Entréguenlos a la estación. Asegúrense de que sean atendidos. Los Amigga allí se encargarán de las pruebas. Verán si hay algo que podamos obtener de esto. —Hay una interferencia, estática. Cuando la voz de Evva vuelve, es algo diferente. Menos ruido ambiental. Ha cambiado de ubicación—. Sax, Bas. Ahora les hablo directamente a ustedes. ¿Avan, el Oratus cautivo que me trajeron de la nave semilla? He tenido la oportunidad de investigar lo que está diciendo. Puede que haya algo de verdad en ello, y algunas de sus afirmaciones conciernen a los Amigga. Manténganse alerta. Si algo sale mal, sálvense primero. Los especímenes si pueden.

Y eso es todo. Una advertencia con pocos detalles.

—Eso no es propio de ella —dice Sax—. Algo tiene a Evva confundida.

—O alguien la está escuchando. —Bas siempre tiene las ideas más razonables—. De cualquier manera, ya estamos aquí.

La estación es un triángulo largo y plano. En el punto más alejado, hay una esfera, grande y redonda. El núcleo de la estación. Donde se quedan los Amigga. Los otros dos puntos están más cerca de ellos, y mientras se acercan, un rectángulo blanco se abre en la pared base. Una bahía de acoplamiento. Una lo suficientemente grande como para acomodar varias lanzaderas.

Lo que significa que *Cobalt* espera, o esperaba, algún tráfico, aunque la bahía parece vacía ahora. La parte inicial del acoplamiento con la estación es complicada: para generar algo de gravedad, *Cobalt* gira alrededor del punto solitario y su esfera. Bas pilota la lanzadera y primero tiene que igualar la velocidad de giro de *Cobalt*, luego guiar la lanzadera cada vez más cerca de la estación. Sax observa cómo el resplandor blanco-azulado del interior de *Cobalt* se acerca, una cicatriz ardiente contra el fondo negro.

—¿Por qué venimos aquí? —dice Sax mientras Bas cambia la lanzadera al procedimiento de aterrizaje automatizado—. Si Evva cree que los Amigga podrían ser un riesgo, entonces deberíamos saltar a otro lugar. De vuelta a la flota principal de los Vincere, tal vez.

—Ella no dijo que tuviera pruebas —responde Bas—. No creo que debamos cancelar la misión por una corazonada, especialmente con su potencial.

La lanzadera se desliza, disparando los micropropulsores para evitar golpear el suelo y el techo; la bahía vacía significa que apuntan hacia el centro abierto, así que los lados no son una preocupación. Una luz roja intensa parpadea cuando entran, indicando a Sax que toda la bahía no está presurizada. No hay escudos electromagnéticos sofisticados aquí. En su lugar, la bahía está despejada. No hay objetos sueltos que puedan ser arrastrados cuando entre el vacío.

Una pesada puerta de esclusa de aire, el doble de alta que Sax y tres veces más ancha, se encuentra en la pared del fondo, sin duda conduciendo más adentro de la estación. El interior de la bahía está todo blanqueado. No el gris militar estándar de los Vincere, sino un blanco perlado brillante. Incluso las luces son blancas. Impecable, desinfectado.

Sax lo encuentra cegador.

Los micropropulsores hacen que el aterrizaje sea fácil, y los soportes se despliegan debajo de la nave sin problemas. Detrás de ellos, la parte superior e inferior de la enorme puerta de la bahía se unen para sellar el cosmos. La luz roja comienza un lento cambio hacia el verde mientras el oxígeno se bombea a la habitación; asegurándose de que sea seguro respirar.

—Es una estación más antigua —Sax levanta la vista de la consola, donde ha estado investigando en la enciclopedia—. Existe desde el comienzo del octavo ciclo.

—Entonces, ¿por qué Evva nos envió aquí? —responde Bas—. Con lo que podríamos tener, deberíamos estar en la mejor.

—Si sospecharas de los Amigga, si no confiaras en los que están en el poder, ¿nos enviarías a lo más nuevo y mejor? ¿A los Amigga que reciben más atención?

Sax se sorprende a sí mismo con el pensamiento, pero encaja: aquí afuera, en este modelo de estación más antiguo, estarían lejos de miradas indiscretas. Los Amigga que dirigen *Cobalt* podrían no ser parte de las preocupaciones de Evva, podrían simplemente querer realizar sus experimentos aquí en la oscuridad, solos.

Excepto que hay alguien aquí. Aunque la barra aún no está completamente verde, hay movimiento en la bahía de atraque. Sax lo capta mientras se mueve, y no puede categorizar la cosa. Es azul y globular. Se parece a un Oratus, aunque claramente no lo es. No tiene rasgos definidos. Ni ojos, ni boca. Su piel es perfectamente lisa, como si estuviera hecha en un molde. Espera cerca de la lanzadera, mirándolos a través del parabrisas.

—¿Qué es eso? —dice Bas.

—No lo sé, pero voy a estar preparado —Sax se mueve para ponerse la máscara, guardada de forma segura en los estantes de equipamiento en la parte trasera del puente, diseñados para asegurar que los Oratus que pilotan la lanzadera nunca estén lejos de sus armas.

Aunque está dañada, la máscara aún cumple su propósito. Se envuelve sobre sus garras, sus brazos, su torso y sus piernas. Cubre a Sax con un sello mayormente intacto. Suficiente para proporcionar protección, suficiente para sostener las armas que lleva. Bas hace lo mismo con la suya. Cuando la barra fuera en la bahía parpadea en verde, no prestan atención a los prisioneros, a los especímenes.

Bajan la rampa de aterrizaje.

La cosa se mueve hacia ellos antes de que lleguen al fondo. Extiende una garra gelatinosa hacia Sax. Un saludo tradicional Oratus. Ambos Oratus deberían dar las garras, apretarlas con fuerza. Seguir con un toque de las cabezas entre sí. Un símbolo de parentesco, de propósito compartido.

Pero esta criatura no es un Oratus. Sax mira fijamente la garra hasta que la cosa la retrae.

—Bienvenidos, Oratus. Soy Dalachite, y veo que han conocido a mi familiar —la voz de Dalachite retumba a través del intercomunicador de la estación. Es profunda y gorgoteante. Una voz poco acostumbrada al habla—. Son ingeniosos, ¿verdad? Mi propia invención. Se parece justo a ustedes.

—Esta cosa es una abominación —responde Sax—. No hay nada real en ella.

No sabe desde dónde el Amigga, que claramente es Dalachite, lo está observando, así que Sax se dirige al familiar.

—Bueno, entonces, me temo que tendrás que superar tu prejuicio. Mis familiares están por toda la estación. *Cobalt* no funcionaría sin ellos. Pero dime, ¿lo tienen? ¿El espécimen?

Así que Evva, o alguien, ha estado en contacto con el Amigga.

—Lo tenemos —dice Sax—. Uno de ellos, creemos, está infectado.

—Con el Sevora. Sí. Es emocionante, ¿no?

Sax casi se ríe de lo diferente que es su idea de emocionante de la de Dalachite, pero se traga el impulso. Recuerda las palabras privadas de Evva y pregunta:

—¿Qué harás con ellos?

—Eso no es de tu incumbencia, Oratus —Dalachite adquiere un tono de irritación altiva, como si Sax estuviera jugando con cosas que están muy por encima de su comprensión—. Estás aquí como mi invitado. Estás completando una misión. Te invito a que lo hagas ahora. Si me entregas a tus cautivos, por favor.

Bas vuelve a la lanzadera. Es un movimiento tácito, un acuerdo silencioso entre los dos. Bas parece entender a los especímenes mejor que Sax, así que irá a traerlos. Mientras tanto, Sax mantiene los ojos abiertos en busca de armas. Cualquier señal de que esto pueda ser algún tipo de extraña emboscada. Cualquier cosa que pueda dar credibilidad a la advertencia de Evva.

No hay nada. Solo el azul vacío del familiar.

—¿Cuánto tiempo? —preguntó Sax—. ¿Cuánto tiempo has estado en la estación?

—Desde que *Cobalt* nació —responde Dalachite—. Debes entender, Oratus. Los Amigga no viajamos. No nos movemos ni tomamos otros trabajos. Simplemente somos, y construimos nuestros hogares a nuestro alrededor. *Cobalt* es tanto parte de mí como cualquier órgano. Como mi piel y mis huesos.

Eso responde a eso. Sax no puede pensar en nada más que decir, así que los dos permanecen en silencio hasta que, con el ruido metálico de las garras sobre el metal, Bas reaparece guiando a los tres especímenes detrás de ella.

Casi de inmediato, el familiar azul cambia. Las garras se hunden de nuevo en la masa central, que se encoge antes de que las extremidades vuelvan a salir, solo que esta vez con la forma de los especímenes. La cola desaparece y las piernas se suavizan. Cinco pequeños flagelos se forman en cada pie, en cada mano.

—Encantador —dice Dalachite—. Ha pasado demasiado tiempo desde que tuve una nueva especie con la que jugar. Miren esto. ¿Dedos de manos y pies? Sí. Esto será divertido.

—Esto no se trata de diversión —habla ahora Bas. Los humanos están todos demasiado asustados, o enmudecidos por el mundo que los rodea—. Se trata de resolver la guerra. Se trata de encontrar una cura para la infección del Sevora.

—Por supuesto que sí. Por supuesto que eso es lo que haré, pero primero lo primero —el familiar, a pesar de no ser la fuente de la voz de Dalachite, mira a los especímenes—. Vamos a acomodarlos a todos. Por favor, sigan al familiar.

Eso es todo en cuanto a cortesías. La cosa azul ignora completamente a Sax y en su lugar hace señas a los humanos para que la sigan. Ellos la miran fijamente, sin estar muy seguros de lo que quiere, hasta que el familiar les hace señas de nuevo para que avancen. Bas les dice que obedezcan, y entonces los humanos lo hacen. La mujer infectada seguida por los otros dos. Uno moreno y uno pálido. Sax y Bas los observan irse, ven la puerta de la bahía abrirse y cerrarse detrás de ellos.

—¿Eso es todo? —dice Bas mientras están solos en la bahía de atraque—. ¿Nos vamos?

—Escuchaste a Evva —Sax está hablando ahora a través de la máscara, mirando a Bas para que el más mínimo susurro se transmita entre sus dos máscaras como el grito más claro.

—Entonces nos quedamos —Bas parece estar de

acuerdo con esta idea—. Nos quedamos y observamos. Nos aseguramos de que el Amigga haga lo que debe.

Sax está de acuerdo. No tiene ningún deseo de ver sobrevivir a los humanos. Pero la imagen de ese falso Oratus azul persiste en su mente. Si encuentra una excusa para destruirlo, lo hará.

CAPÍTULO 19

TODO ES NUEVO

SOBRECARGA. Es la única manera en que puedo describirlo. Tantas cosas nuevas, tan más allá de todo lo que jamás había imaginado.

Me golpean una tras otra. Primero viene la nave. Ponerme de pie, salir de ella por una extraña rampa metálica. Algo que hace sonidos antinaturales mientras camino sobre ella. Mis piernas, mis brazos se sienten ligeros, y con cada paso siento como si pudiera flotar. En cambio, al caminar, fuerzo mis pies hacia abajo. Cada vez que toco el suelo es una victoria.

¿Hacia dónde camino? Un lugar diferente a cualquiera en el que haya estado antes. Un resplandor puro se derrama desde arriba, y sin embargo, de alguna manera parece sin vida. Al principio pienso que debe ser Ignos, pero luego miro hacia arriba, mientras salimos de debajo de la nave, y veo que no, como dentro de la nave de la criatura, hay globos en el techo que producen estos rayos.

El suelo es de un negro brillante. Tan reluciente que puedo verme reflejada en él. La única interrupción en las paredes de alabastro proviene de una extraña línea verde que parece estar nivelada con la cubierta de vidrio en el frente de la nave. Malo y Viera, como yo, permanecen en silencio. No hay nada que podamos decir que sea relevante en este momento. No hay nada aquí que tenga sentido.

Ahora nos aferramos a nuestra cordura.

Esto es una estación espacial. Así es como se vive fuera de tu mundo.

Ignos está callado. La explicación es rutinaria. No es difícil ver por qué. Todavía estoy enojada con él. Aún indignada de que el dios de mi gente pueda ocultarnos tales cosas. Que pudiera dejarnos tan poco preparados para lo que venía. Ahora empiezo a preguntarme qué clase de dios es. Si Ignos no es todopoderoso, entonces ¿qué es?

Soy un guía. Tu amigo. La única forma en que superarás esto.

En eso, Ignos tiene razón. Al menos parece saber lo que está pasando. Parece entender, y me insta a seguir cuando la extraña criatura azul nos hace señas para avanzar, y cuando el monstruo rosado-dorado secunda la orden, lo hago.

El suelo está frío bajo mis pies descalzos. Mi piel se eriza cuando el aire frío juega sobre nosotros. Ninguno de nosotros llevaba mucha ropa en la jungla. Era la temporada de verano. Así que aquí estamos, con capas y envoltorios de algodón fino, congelándonos.

Nos dirigimos hacia la puerta, que es lo suficientemente alta y grande para todos nosotros. Podríamos caminar uno al lado del otro si quisiéramos, aunque algo nos impulsa a permanecer en fila india. Nos movemos hacia un destino, no caminamos para conversar, y todos estamos en nuestros propios mundos.

Hay magia cuando la puerta se abre. En un momento, un conjunto de tablones de plata prensados se interpone en nuestro camino. Al siguiente, ya no están. Creo que se dispara hacia arriba, pero no estoy segura porque sucede tan rápido. Un pasillo se extiende más allá, con caminos ramificados y más globos blancos brillando en el techo. No hay nada en las paredes excepto ese mismo blanco estéril. Me pregunto si, tal vez, morimos en la jungla y este es el más allá. Un vacío incognoscible.

Estás muy viva, Kaishi. No lo olvides. O podrías no estarlo por mucho más tiempo.

La cosa azul, que parece el dibujo de un niño de su padre, nos guía. Una vez en el pasillo, sus brazos comienzan a agitarse, y una voz erupciona en el aire. No veo boca, no veo altavoz, pero los sonidos llegan a través del aire de todos modos. Hablando en nuestra lengua común, y me preocupo de que Malo no pueda entender.

—Bienvenidos a su nuevo hogar. Bienvenidos. Es un lugar donde descubrirán cuán pequeña era realmente su antigua vida. Aquí aprenderán, aquí cambiarán. Aquí prestarán un gran servicio al resto de la galaxia —la voz se emociona consigo misma. Como un sacerdote preparándose para una gran conclusión.

Solo que no me gusta lo que está diciendo. He escuchado promesas antes. He oído a personas tanto grandes como pequeñas hablar sobre todo tipo de cosas maravillosas que me llegarían. He visto cómo, más a menudo que no, esas promesas resultan ser mentiras.

La cosa nota mi escepticismo, porque la criatura azul se detiene y se vuelve hacia mí. Aunque no tiene boca, vuelvo a oír palabras, viniendo de todas partes.

—Veo duda en tus ojos —continúa la voz, y detecto orgullo herido, como un cazador cuya destreza hubiera cuestionado—. ¿Realmente crees que se te hará daño aquí? Son premios. Son milagros. Son mis posesiones más preciadas.

—¿Posesiones? —Esa es Viera ahora.

—Oh, sí. Están en *Cobalt*. Soy Dalachite, y están en mi hogar. Se quedarán aquí tanto tiempo como los necesite —La cosa azul gira sobre sus talones y continúa caminando.

—No me gusta esa palabra —susurra Viera mientras nos movemos.

Los pasillos se ramifican desde donde estamos. Puertas cerradas que conducen no sé dónde, pero pasamos por todas ellas. Más profundo.

—No lo creo —digo—. Puede que estemos en otro lugar, pero seguimos siendo nosotros mismos. No nos posee. No tiene control sobre nuestros cuerpos o nuestras mentes.

—Todavía no —dice Dalachite—. Aquí a la derecha están sus habitaciones. Cada uno de ustedes tiene una habitación, e ignorarán el resto. Puede que no sea todo lo que quieren al principio, pero trabajaremos juntos para hacerla como les guste. Sigan a mi familiar y él se encargará de su comodidad.

A su vez, la criatura azul nos conduce por un corto pasillo con seis puertas, aunque solo tres tienen círculos verdes sobre ellas. En la primera, el hombre azul señala a Malo.

—Tú primero ahora. Vamos —Dalachite emite la orden placenteramente, como si nos dijera que olamos una flor bonita.

—No te entiende —digo. Malo me está mirando, y aunque no veo miedo en sus ojos, veo cautela. Confusión. Traduzco para la criatura—: Quiere que entres.

—¿Debería? —pregunta Malo—. Preferiría quedarme contigo.

—No creo que tengamos elección. No ahora.

Malo acepta la orden de su Emperatriz. Pasa a mi lado, sigue el brazo extendido del familiar y entra en la habitación. La puerta se cierra tras él en cuanto entra. Repetimos el proceso en la siguiente, con Viera entrando, y la Lunare promete venir a verme en un minuto.

Ahora estamos en la última. Mi habitación. La puerta se abre cuando el familiar se acerca, y dentro veo lo que parece una cama. No es una estera, no es tela rellena de algodón. Es enorme y parece ser una especie de masa plateada dentro de un marco metálico. El resto de la habitación está ocupado por una amplia pantalla negra en una pared. A mi izquierda, frente a la cama, hay lo que parece ser una mesa.

—Sé que parece escaso —dice Dalachite—. Pero pasarás mucho tiempo aquí. Duerme, como requiere tu especie. Un lugar para pasar algún rato ocasional entre sesiones. Llegará a gustarte.

—¿Qué sucede después? —le pregunto al familiar, porque aunque la voz de Dalachite no provenga de él, necesito mirar algo.

—¿Después? Después descubriremos quién eres. Cómo encajas en el universo que conocemos. Luego, quizás, algo de sueño. Algo de comida.

—¿Y después de eso? —digo, porque todo lo que Dalachite describió suena sin importancia.

—Entonces averiguaremos qué hacer con esa cosa dentro de ti. El parásito que parece no poder controlar tu mente.

Y mi mundo se desmorona.

CAPÍTULO 20

UN CAMBIO DE PLANES

SI LOS ORATUS van a quedarse en *Cobalt*, tendrán que encontrar una manera de entrar. Están mirando la puerta cerrada de la bahía de atraque. Sax quiere usar sus garras en ella. Ver si la puerta puede resistir a un Oratus arañándola. Pero no lo hace. Esta es una estación de investigación, y en la jerarquía de su galaxia, los Amigga están aparte. No están ni por encima ni por debajo de los Oratus, sino que son iguales.

Por lo tanto, Sax no puede destrozar la estación. No a menos que quiera pagar las consecuencias.

—Te matarán —Bas lee su mente, dice lo que está pensando—. Si dañas este lugar, el mismo Amigga podría hacerlo. O Evva, una vez que le llegue la noticia.

—Ese es el problema —dice Sax—. Ponen armas en un lugar donde no deberían estar. ¿Cómo es mi culpa si hago aquello para lo que fui creado?

Sax camina hacia la puerta. Da cinco largas zancadas, cada una enviando escalofríos hormigueantes por sus piernas mientras las garras hacen clic y resuenan en el suelo metálico. Es una sensación a la que se ha acostumbrado.

Vivir en el espacio hace eso; la alfombra es demasiado cara, demasiado innecesaria. La puerta tiene una luz roja en la parte superior. Un diseño estándar para estas estaciones. Para las naves Vincere. Rojo significa cerrado, verde significa abierto y azul significa solo para la persona adecuada. Sax supone que no hay mucha gente en la estación, así que el azul no aparece mucho.

—Sax —la advertencia de Bas no es necesaria. Sax no atacará la puerta.

No todavía, de todos modos.

En su lugar, levanta una mano, aprieta sus garras para formar un puño, y está a punto de golpear cuando la puerta se abre de golpe. Es demasiado tarde, sin embargo: el puño de Sax ya está volando hacia adelante. El familiar azul, todavía pareciendo humano, aparece precisamente en la posición equivocada.

Sax golpea la cara del familiar.

Es como golpear agua. Los nudillos huesudos y escamosos de Sax crean ondas en la cara del familiar, y esta estalla. El limo azul rocía el pasillo, a Sax y todo lo demás. Sin embargo, el desastre vive, aunque solo por un segundo. El pegote invierte su dirección, se junta, corriendo de vuelta hacia el familiar. Riachuelos regresando a su dueño. Sax observa una línea deslizarse por su pierna hasta el suelo, correr y absorberse en el pie del familiar.

—Eso no ha sido muy amable —dice Dalachite—. No sé qué les están enseñando a ustedes los Oratus ahora, pero solía ser que no saludábamos a nuestros compañeros con puñetazos en la cara.

Sax abre la boca para disculparse, pero el Amigga lo atropella.

—No es que importe. De hecho, has realizado un valioso servicio. Siempre he querido ver cómo mis familiares manejarían un golpe que yo no les infligiera. Y mira, ¡son brillantes! Materia biológica. La he creado yo mismo, aquí mismo en *Cobalt*. Siempre volverá; pulsos eléctricos, ¿sabes? Conectan las células, y cuando están cerca, la energía las impulsa a unirse de nuevo.

Sax no puede discutir los resultados de Dalachite: el familiar azul se está recomponiendo, y ya parece como si Sax no lo hubiera tocado.

—No fue mi intención —Sax gruñe la disculpa, luego pasa a lo que quiere decir—. Nos quedaremos, al menos por un tiempo.

—Bien, bien. Tras reflexionar, he reconsiderado mi posición anterior —el entusiasmo de Dalachite le da mala espina a Sax. ¿Por qué querría el Amigga que se quedaran? La respuesta llega un momento después—. Tengo muchos experimentos que necesitan ser probados y, como te puedes imaginar, no muchos encuentran su camino hasta este rincón lejano de la galaxia.

—¿No es tu elección estar aquí? —pregunta Bas, acercándose para unirse a Sax.

—Por supuesto, pero conlleva costos. Como dije, sin embargo, habrá mucho que podamos hacer. Además, con esos otros especímenes, podría ser útil tenerlos cerca. Seguridad extra.

Como si esta cosa necesitara seguridad extra. Sax no es estúpido. Supone que Dalachite tiene más de uno de estos familiares. Esas manos, aunque acuosas, parecen que podrían sostener un arma si fuera necesario. Tal vez esto es de lo que Evva estaba hablando, tal vez esto es lo que quiso decir cuando dijo que se mantuvieran listos.

El familiar los guía por el pasillo, y giran rápidamente a la derecha en lugar de seguir recto. Caminan a través de una amplia habitación, con varias mesas. Claramente un comedor, y destinado a albergar mucho más que los cero ocupantes que tiene ahora. Bas hace la pregunta obvia:

—¿Dónde está todo el mundo?

—Como dije, *Cobalt* es una estación antigua. La investigación que realizo no requiere mucho en cuanto a personal adicional, así que ¿por qué pagar por todos los nutrientes? ¿Por qué pagar por las instalaciones extra? Desembarcamos el último grupo de científicos hace un ciclo. Como probablemente puedan notar, ha sido solitario. Me alegro de tenerlos aquí.

Sax no está impresionado con lo que puede ver de las reservas de alimentos. El mismo tipo de papilla de nutrientes que tienen en la lanzadera, y ni siquiera es del tipo saborizado. Esta *es* una estación antigua. Comienza a decirle a Bas que tal vez no deberían quedarse aquí mucho tiempo o podrían volverse locos, pero entonces nota que el familiar lo está mirando fijamente. Incluso sin ojos, Sax puede sentir la atención de la cosa, y hace que su cola se agite.

—Los experimentos, amigos. Hay cosas que he estado tratando de entrenar con mis familiares. Verán, son mi primera y última línea de defensa. También son mi mayor proyecto. Sin embargo, entrenar contra mí mismo es algo limitante. ¿Les importaría?

—¿Que si nos importaría qué? —pregunta Sax.

—¿Entrenar a mis familiares? El diseño, quiero decir. Un poco de ejercicio les enseñará bastante. Piénsenlo como una forma de pagarme por usar mi estación. Por comer mi comida.

—Es un poco exagerado llamar a esto comida.

—Y es un poco exagerado decir que son una compañía agradable —responde Dalachite—. Ambos estamos haciendo concesiones aquí. Así que hagamos lo mejor que podamos, ¿de acuerdo?

Sax mira a Bas, y su compañera se encoge de hombros. —¿Los dos?

—Oh no, solo uno de ustedes. Por ahora. Este familiar guiará al otro a sus aposentos.

—Descargaré la lanzadera si quieres tomar la primera ronda —dice Bas.

Sax sabe que eso significa que Bas va a ir a armarse. A prepararse para acudir al rescate si Sax lo necesita. Es una petición fácil de aceptar.

Entonces el familiar lo guía fuera del comedor y hacia un profundo laberinto de pasillos. Lo primero que Sax va a hacer cuando tenga un momento es sacar el mapa de este lugar y memorizar cómo ir de un lado a otro. No le gusta estar perdido. Hace que sea demasiado fácil caer en una trampa.

O en una emboscada.

El familiar conduce a Sax a una habitación grande. Cavernosa, incluso. A diferencia de las otras habitaciones, un acolchado verde claro cubre el suelo y las paredes.

Hay un armario en una esquina, y está sombreado de rojo. El color estándar para la ayuda. Esto no es solo una sala de combate para familiares, es un área de entrenamiento para muchas cosas. El familiar azul camina hasta el centro de la habitación y luego tiembla. Sus manos y pies crecen y se hunden. Su pecho y hombros se encogen.

Las extremidades del familiar se acumulan en el suelo, se separan y luego se vuelven a formar en otra persona. En segundos, hay dos familiares de pie frente a Sax, cada uno ligeramente más pequeño, más bajo y más delgado que el primero.

—¿No son maravillosos? —dice Dalachite—. Por

supuesto, voy a hacer que usen esta nueva forma. Un Oratus ocupa demasiada masa. Serían bastante pequeños.

—¿Qué quieres que haga? —dice Sax—. Si siquiera los toco, se rompen en pedazos.

—Para empezar, ¿qué tal si nos hacemos una idea de su velocidad? Intenta seguirlos.

Hay un tono en la voz de Dalachite que le dice a Sax que tiene plena confianza en sus creaciones. Que el Oratus fracasará, y fracasará estrepitosamente.

El Amigga está equivocado.

Los dos familiares saltan hacia atrás alejándose de Sax, yendo en direcciones opuestas y corriendo hacia las paredes. Sax observa por un momento, capta sus trayectorias y se dirige hacia el más cercano, que va hacia la pared a su izquierda. Es extraño perseguir algo que no tiene un cuerpo definido, que parece líquido moviéndose en un molde. Pero entonces, Sax se ha encontrado con muchas criaturas extrañas en su vida.

Cada una tenía una debilidad.

Cuando el familiar llega a la pared, un suspiro por delante de Sax, no se detiene. No retrocede, ni se da vuelta y se acobarda ante el Oratus que se acerca. No, empieza a subir por la superficie. Sus pies se adhieren a los lados y el familiar se dirige directamente sobre Sax. El problema es que Sax puede saltar. Lejos. Presiona sus piernas y salta, con cuatro garras extendidas, directamente hacia la espalda del familiar mientras sube por la pared. Sax está listo para agarrar, para hundir esas garras y empezar a desgarrar.

Pero no hay nada que agarrar. Sax simplemente atraviesa al familiar y lo hace explotar en una lluvia de gel azul. Las piezas del familiar salpican el suelo de la habitación mientras Sax logra agarrarse a la pared con sus garras y clava sus uñas en la suave superficie.

El Oratus gira la cabeza. Mira fijamente los charcos debajo de él mientras se reúnen y se forman de nuevo.

—No lo suficientemente rápido. —Dalachite suspira—. Algo para mejorar en futuras iteraciones. Aun así, sigamos adelante.

—¿Seguir adelante con qué? —dice Sax, colgando de la pared.

—Basándome en la velocidad de tus movimientos, es poco probable que mis familiares puedan esquivarte o huir de ti. Así que cambiemos el juego. ¿Por qué no probamos un poco de combate? Pongámonos a la defensiva para variar.

—Los Oratus no se ponen a la defensiva.

—Si tú lo dices.

Debajo de Sax, el familiar que había explotado se reforma en su forma humanoide. Mientras Sax observa, ambos familiares se dirigen al armario rojo y lo abren. Dentro, Sax puede ver los estantes que alguna vez se usaron para guardar botiquines, vendas o suministros médicos de emergencia.

Ahora, sin embargo, el armario está lleno de peligro; mineros y armas de naturaleza más personal.

Cada uno de los familiares elige hojas afiladas, de casi un metro de largo. Unas que se curvan hacia arriba, hacia el portador, a medida que se acercan a la punta. Los familiares se vuelven hacia Sax, se separan y esperan.

Dándole a Sax una oportunidad de mirar sus opciones.

Luego se lanzan hacia adelante, sus pasos sincronizados, y golpean el suelo al mismo tiempo. Sax está en la pared, lo cual es bueno, ya que está fuera del alcance de esas espadas. Hasta que recuerda que pueden trepar. Los dos familiares llegan al lado debajo de Sax y, de nuevo, comienzan a subir por la pared hacia él. Ambos levantan las espadas en alto sobre sus cabezas para dar lo que parece ser un fuerte golpe descendente.

Es casi como si no se dieran cuenta de que el Oratus tiene cola. Antes de que lleguen al rango de ataque, Sax se gira y barre su cola a través de la pared, cortando sus frágiles cuerpos. Ante la repentina pérdida de cohesión, todo el lío acuoso cae al suelo.

Una de las espadas aterriza con la punta hacia arriba, sobresaliendo como un monumento a la derrota.

Dalachite no dice nada esta vez. No tiene que hacerlo: los familiares muestran que la pelea no ha terminado. El líquido azul se junta, ahora como uno solo, y se levanta en una forma completa de Oratus. Cuatro brazos, dos piernas y la cola, aunque el resultado final es más pequeño que Sax. El familiar recoge las hojas, una en cada una de sus dos garras delanteras. Esta vez, mantiene su distancia.

—Así que ahora es un cobarde —dice Sax a la habitación, esperando que el Amigga pueda oír.

—Está aprendiendo —responde Dalachite—. Cada vez que lo derrotas, mi familiar se adapta.

Tendrá que adaptarse mucho antes de que represente una amenaza para Sax. Detecta un ligero retortijón en su estómago. La pelea es tan aburrida que Sax está empezando a tener hambre. Es hora de terminar con esto. —¿Quieres que ataque?

—Quiero que lo trates como a un enemigo —dice Dalachite—. Porque, ten por seguro, así es como te está tratando a ti.

Bien.

Sax clava sus patas en la pared. Si el Amigga quiere ver cómo trata Sax a sus enemigos, le espera un espectáculo.

CAPÍTULO 21

LA VERDAD

TOMANDO TODO EN CONJUNTO, las revelaciones no han marcado mi vida con regularidad, por lo que aún estoy tambaleándome por los últimos meses. Me han arrancado de mi familia, me han empujado a los puntos más altos de una civilización rival, y luego me han robado cosas surgidas de las pesadillas más oscuras en menos tiempo que dos estaciones. A través de todo, había tenido a Ignos. Ya sea directamente en mi mente o, antes de eso, como una fuente de fortaleza cuando nada más funcionaba.

¿Kaishi?

¿Es todo una mentira? ¿La creencia de mi padre? ¿La fe de mi tribu en que el mundo en el que vivimos está presidido por una fuerza justa, aunque inflexible?

Necesitas calmarte. Pensar. Escúchame.

Los sacrificios. Tanta gente. Tantos corazones arrancados en las losas de piedra. Todo para nada. No puedo-

¡DETENTE!

Parpadeo. Mi mundo vuelve a enfocarse desde las lágrimas borrosas. Difuminan las paredes en blanco, y la otredad de mi prisión gris-blanca amenaza con devolverme a la desesperación.

Es cierto, Kaishi. No soy tu dios.

Quizás es la franqueza de la admisión, o tal vez, como una roca al borde de una pendiente, estoy a punto de perder el control de todos modos, pero las palabras dirigen mi confusión hacia la ira. Tengo un objetivo.

Así que disparo.

No son palabras lo que envío tras la cosa en mi mente, sino un calor indistinto, una ira abrasadora y traición. Un disparo tras otro de confianza rota y espíritu destrozado. Si esta cosa hubiera estado frente a mí, estaría gritando. Tal como está, aprieto mis manos tan fuerte que siento mis uñas clavándose en mi propia piel. No cedo.

Ignos —sé ahora que ese no es su nombre, pero no puedo pensar en otro en este momento de fuego ciego— retrocede. Si realmente le estoy causando dolor, no lo sé. No me importa. Necesita saber lo que ha hecho. Cómo lo ha arruinado todo.

¿Lo he hecho, realmente?

¡Por supuesto que sí! ¿Mira dónde estamos? ¿Qué estamos haciendo?

Salvaste a tu gente, ¿no es así? ¿A tu tribu?

Sí, eso puede ser cierto. Pero la forma-

Tu trabajo forjó una alianza entre tu propia gente y los Charre, ¿no es así? ¿Y los milagros que te di? ¿No asegurarán su fuerza por las estaciones venideras?

Ignos me bombardea con lógica, y lucho por mantener mi rabia. En casa, en la jungla y rodeada de amigos y familia, habría descartado esos argumentos, habría empujado y luchado y arañado hasta que mi punto quedara claro. Aquí, sin embargo, donde estoy en terreno inestable, las palabras de Ignos me estabilizan. Presentan la posibilidad, la prueba de que, quizás, no soy un completo fracaso por confiar en alguna extraña criatura de más allá del cielo.

Me doy cuenta de que mi pánico, mis lágrimas y mi ira no son por mi gente, mi familia o los Solare.

Es todo sobre mí.

Un golpe en la puerta llega amortiguado, ligero, sin vida. Sin las cuerdas de la madera real. Aun así, miro hacia ella y el acto ayuda a mantener las nubes a raya.

—Puedes entrar —llamo.

Hay un momento de duda, luego llega una respuesta, —No creo que pueda, en realidad.

Es Malo y estoy de pie en un instante. La puerta descansa en su marco; una banda de perlas elevada que rodea una entrada dos veces mi altura. Comparada con las aberturas en nuestra casa familiar e incluso los grandes edificios Charre, es enorme. No hay manija. Intento empujarla, pero la puerta no reacciona.

—¿Sabes cómo abrirla? —miro alrededor de la puerta mientras hago la pregunta.

Hay un bulto negro a la derecha del marco; una semiesfera saliente que parece mirarme fijamente. Lo toco con la punta de mi dedo y es duro. Frío y suave, demasiado suave para ser roca natural.

—Cuando me acerqué a mi puerta, simplemente se abrió —responde Malo—. ¿Puedes ver algo?

Soy yo.

Me detengo.

La puerta. Está detectando mi presencia y te está encerrando dentro.

Tiene sentido. ¿Por qué Ignos no seguiría arruinando mi vida?

Hay una forma de pasarla, por supuesto.

Espero una lista de requisitos. Alguna ceremonia elaborada que deba realizar para aplacar al bulto negro.

No hay ceremonia. Pide. Pídele al Amigga que dirige esta estación que abra la puerta.

No sé qué es un Amigga, así que asumo que Ignos está hablando de la criatura azul.

Dalachite, Kaishi. La voz que siempre está escuchando aquí. Pídele.

Así que lo hago.

—Dalachite, no sé qué eres —digo al aire, y mientras hablo, escucho a Malo preguntar qué estoy haciendo y lo ignoro—. Pero, ¿puedes abrir mi puerta? No sé cómo.

—Puedo abrir la puerta por ti —dice Dalachite—. Pero, si lo hiciera, necesitaría tu seguridad, tu promesa de que no intentarías irte.

—¿Irme? —respondo.

—De tu cámara. Debes quedarte dentro a menos que mis familiares vengan a buscarte.

—¿Qué? ¿Por qué?

—Oh, es muy simple, en realidad. Verás, tengo mucho que aprender sobre ti. Hay dos formas en las que puedo hacerlo: o te llevo, dejándote intacta, y aprendemos juntos —eso es lo que preferiría—; sin embargo, si eso se vuelve demasiado peligroso, si existe la posibilidad de que la Sevora dentro de tu cabeza pueda irse o infectar a otro, entonces es más seguro paralizarte. Extraer esos componentes de tu sistema nervioso que te permiten moverte. Entonces, aprenderé lo que pueda.

Recuerdo al familiar azul. No llevaba un arma, no parecía amenazante. Sin embargo, la facilidad con la que Dalachite habla de lastimarme...

Puede hacer todo lo que dice y peor. Escúchalo, Kaishi. Nuestra oportunidad llegará más tarde.

—No me iré —le digo a la voz.

Un segundo después, la puerta se abre de golpe y Malo entra. Sin esperar, me envuelve en un abrazo, y yo le devuelvo el gesto. Es agradable sentir esos brazos a mi alrededor. Agradable sentir algún tipo de apoyo, en realidad. Aunque, debajo de los músculos delgados de Malo, hay tensión.

El mismo miedo que tensa mis huesos.

—¿Dónde estamos? —Malo susurra las palabras, pero es una pregunta que no puedo responder.

—Lejos de casa —doy la única respuesta que puedo. Por ahora, es suficiente.

—Casa —Malo aprieta fuerte, luego me suelta y da un paso atrás—. ¿Crees que la volveremos a ver?

—Creo que tú podrías —digo—. Dalachite sigue hablándome como si yo fuera una especie de experimento. Algo que ha sido descubierto. No creo que vaya a dejarme ir.

Los obligaremos.

—No te dejaré —dice Malo—. Eres mi Emperatriz.

Me río. No puedo evitarlo. —Malo, soy una mentira. Un fraude. Esta cosa, esta cosa en mi mente, ¿no es Ignos. Es solo otra criatura. Nos usó.

Puedo decir por la forma en que la cara de Malo se arruga que no lo entiende.

—¿Ves esa cosa azul allá afuera? ¿La que nos guió hasta aquí? ¿Y los dos monstruos que nos sacaron de la jungla? Es como ellos —ahora estoy gritando, pero no me doy cuenta—. Es de otro lugar. Está dentro de mí y me está hablando y está fingiendo. Quiere que hagamos cosas por ella, Malo. No le importa nuestra gente. Solo le importa ella misma.

Mutuamente beneficioso, Kaishi. Lo que me ayuda a mí te ayuda a ti. ¿Lo ves?

Ignoro a Ignos. No es difícil ahora. Antes, alejarlo se

sentía como si estuviera rechazando a mi propio dios. El núcleo de mi infancia y mi tribu. Ahora, ahora es como apartar una mosca molesta. Lo hago sin pensarlo dos veces.

—No importa —Malo fija su rostro en una mirada directa—. Sigues siendo tú. Yo sigo siendo yo. Pensaremos en alguna forma de salir de esto.

—Tú sigues siendo tú —digo—. Pero yo estoy tan lejos de ser yo como nunca antes. Dejé a mi familia. A mi gente. Todo por esta cosa en mi cabeza.

—Pero aún tienes amigos. Me tienes a mí.

Escucho un ruido del pasillo, y antes de que pueda lanzarle otro comentario malhumorado y molesto a Malo, aparece Viera. Sus ojos se cruzan entre Malo y yo, y luego su boca se curva en una sonrisa sardónica.

—Veo que dejó salir a Malo primero —dice Viera en lunare.

—Habla para que Malo pueda entender —le respondo a Viera.

—Solo decía que es agradable verlos a los dos —responde Viera en charre.

De repente hay tensión en la habitación. No sé por qué Malo solo responde a las palabras de Viera con un breve asentimiento. Parece que todos deberíamos estar unidos. Que estamos tan lejos de lo que conocemos, que los tres somos todo lo que nos queda. Así que trato de cortarla.

—Lo siento —le digo a Malo—. Estoy dividida en este momento. Pero tienes razón. Tenemos que ayudarnos mutuamente. Si queremos volver a casa, tendremos que trabajar juntos para encontrar una manera.

Ten cuidado con lo que dices. O mejor dicho, cómo lo dices.

Hago la conexión: Dalachite, la voz que sale a través de las paredes, habla en la misma lengua que Viera y yo usamos. Pero el charre, Malo, su idioma es diferente. Es posible que la voz no lo entienda, que no sepa lo que pasa entre nuestros labios. Advierto a los otros dos que se mantengan hablando en charre, y no hay discusión.

—Conocemos una forma de salir de la estación —dice Viera—. Es por donde llegamos aquí.

—Recuerdo cómo volver allí —dice Malo—. Si podemos llegar allí, tal vez podamos averiguar cómo funciona su... cosa.

Buscamos a tientas las palabras. Una forma de describir la nave. Me doy cuenta de que aún llevo puesta la respuesta. Miro hacia mi brazalete, el Cache. Todavía está en mi muñeca.

—Tengo esto —digo y asiento hacia el artefacto—. Puede ayudarnos, pero necesito tiempo. Tiempo para aprender a usarlo, para entender esta estación.

—Entonces te daremos tiempo —dice Malo—. Todo el que necesites. Yo te defenderé.

—¿Defender? Me conformaré con que no muramos. —Viera mira de nuevo hacia el pasillo—. Hablando de morir, una de esas cosas azules viene de vuelta. Supongo que esta reunión está por terminar.

Viera no se equivoca. Unos segundos después, el lunare entra en la habitación para dar paso a otro familiar azul. Ni siquiera mira a mis amigos, sino que me señala con un dedo suave y azul.

—Es hora de tu primera sesión, espécimen. Por favor, sigue al familiar —dice Dalachite a través de los altavoces.

Siento las miradas nerviosas de mis amigos, pero no pueden hacer nada por mí aquí. Dalachite dijo que me prefiere viva, así que tengo que confiar en que seguiré así.

Al menos por un tiempo.

CAPÍTULO 22

PRUEBA DE MUESTRA

UN LARGO salto lleva a Sax por encima de la cabeza del familiar. Por encima de las espadas que podrían girar y atraparlo en pleno vuelo. Sax rueda al tocar el suelo, usando su cola para impulsarse a lo largo de la voltereta hasta el extremo más lejano. Cerca de donde el gabinete rojo está entreabierto, brillando con armamento.

Oye los pies del familiar sobre el suelo, aunque es un golpeteo triste y suave. No son verdaderas garras de Oratus. Sax podría usar las suyas, pero esas espadas tienen alcance. En su lugar, se lanza hacia el gabinete.

Sax mete la mano y agarra un par de mineros cortos, gira mientras el familiar se acerca, y aprieta el gatillo. El familiar debería hacerse pedazos. La energía debería salir disparada y perforar esa piel azul sedosa y suave, y convertirla en charcos. Pero cuando Sax aprieta los gatillos, no pasa nada. Hay un rápido clic, pero los rayos mortales no salen. El familiar continúa avanzando, levantando esas espadas y haciéndolas caer hacia Sax.

Así que Sax hace lo que puede y lanza los mineros hacia arriba para bloquear. Las espadas golpean con un fuerte chirrido mientras cortan las armas de metal. No las atraviesan completamente; las hojas se atoran en la mitad inferior de los cañones. Sax siente el tirón y se le ocurre una idea.

Con sus garras delanteras, Sax lanza los mineros hacia la izquierda. Las espadas, atrapadas dentro, se arrancan del agarre del familiar y vuelan junto con ellos. Golpean la pared, pero Sax no está viendo eso. Ya se está moviendo hacia adelante, sus garras intermedias lanzando zarpazos al familiar.

La debilidad de la creación de Dalachite se hace evidente. Intenta interceptar el ataque de Sax. Intenta atrapar las garras de Sax con las suyas propias. Pero no hay fuerza ahí. Ni solidez. Cada una de las garras de Sax atraviesa directamente al familiar y despedaza sus brazos. Desgarra sus piernas. Hasta que el Oratus, o lo que se suponía que era uno, es una vez más un salpicón en el suelo.

—¿Sabes cuál es tu problema, Amigga? —grita Sax a la voz, con baba azul goteando de su boca después de un mordisco ansioso—. Tus familiares no tienen peso. Suficiente realidad. Si quieres luchar contra algo como yo, entonces necesitas darle a tus familiares cuerpos que funcionen.

No hay nada durante un rato. Las células del familiar fluyen juntas en un charco y se quedan ahí. Sax, aburrido por el silencio, va hacia donde están los mineros y las espadas y los recoge del suelo, los separa. Los examina más de cerca.

Los mineros son de serie estándar, aunque, como tantas otras cosas en la estación, algo anticuados. Carecen de la potencia de las propias armas de Sax; incapaces de perforar paredes gruesas, como las puertas de la nave semilla. Las espadas, mientras tanto, no son mejores que armas de entrenamiento.

Les falta la capacidad de las que Sax ha usado antes. Una ranura en la empuñadura para permitir que las hojas se retraigan y extiendan. Cableado para calentamiento en caso de que la hoja tenga que cortar metal. Una característica que habría, debería haber permitido que las armas atravesaran la improvisada defensa de Sax.

Pasan los minutos y Sax va hacia la puerta, pero no está abierta. No puede encontrar ninguna forma de abrirla. Intenta llamar a Dalachite, pero no recibe respuesta. Por un momento, Sax se pregunta si va a morir allí. Morir de hambre o asfixiarse como castigo por el insulto que ha proferido a las creaciones del Amigga.

—Lo siento —anuncia Dalachite sin previo aviso—. Tuve que ocuparme de otro asunto. Veo que has hecho un trabajo rápido con mi experimento.

—Trabajo rápido es quedarse corto.

—Sí. Pero mis familiares son nuevos. Tú has tenido ciclos para desarrollarte y refinarte. No me desanimaré. Tampoco es justo esperar que un Oratus luche como un robot, o castigarte por tu éxito. Desbloquearé la puerta y podrás continuar.

—Estoy haciendo esto para ser amable, Amigga —dice Sax—. No soy tu prisionero, ni tu juguete. La próxima vez, déjame ir y venir a mi antojo.

—Por supuesto, Oratus. Por supuesto.

La puerta se abre de golpe y Sax sale de la sala de entrenamiento. Se dirige de vuelta por los pasillos, esta vez usando sus conductos para guiarse. Oliendo el aroma de comida cocinándose. De pasta nutritiva calentada hasta su estado comestible. El olor de Bas; un aroma dulce y fuerte que dice que su pareja también ha estado ocupada.

Cuando llega a la cocina esta vez, Bas tiene una serie de barras de colores extendidas sobre la mesa. La pasta nutritiva empieza así: un líquido esponjoso y suave, pero cuando se calienta se endurece en una galleta. Una repleta de vitaminas y energía. Estimulantes y esteroides para mantener los músculos fuertes en el espacio, donde tales cosas, con poca resistencia gravitacional, caen en un rápido declive.

—He descargado lo que necesitamos —dice Bas cuando Sax entra—. Encontré nuestros aposentos.

—Gané —Sax espera que Bas lo felicite, pero su pareja solo se ríe, un breve sonido sibilante.

—¿Estás esperando un premio? Me habría sentido más insultado si hubieras perdido contra algo que Amigga creó.

Sax estaría de acuerdo, pero la pelea se le ha quedado grabada. La rapidez con la que el familiar cambió y se ajustó mantiene un dolor de cabeza en la mente de Sax. Así que le cuenta la historia a Bas. Le explica el toma y daca. Describe cómo el familiar podía dividirse y cómo podía usar las armas.

—Los mineros no estaban cargados esta vez —termina Sax—. Pero podrían haberlo estado. Lo estarán en algún momento. No tengo dudas. Dalachite va a intentar matarnos.

—Si es como dices, entonces estamos en desventaja numérica —responde Bas—. Tú y yo podemos matar a un ejército, pero no a uno que sigue regresando.

—A menos que eliminemos la fuente —responde Sax.

—Todavía no —dice Bas—. Todavía no, Sax. Podemos matar a Dalachite ahora y hacer que todo este viaje haya sido en vano, con los especímenes sin examinar y nuestra posible solución al problema de Sevora sin explorar. Todo por una corazonada. Todo porque tienes miedo. O podemos prepararnos.

Prepararse. Esto tiene más sentido. Esperar lo mejor, estar listo para lo peor. Sabiduría común.

Sax tiene una idea para eso.

—¿Por casualidad encontraste dónde están los humanos?

—Sí —Bas asiente hacia un lado de la cocina, donde hay una consola en la pared, su pantalla negra no muestra nada—. Los planos de la estación están ahí. Mapas. Creo que sé dónde están.

—Entonces después de esto, me encargaré de nuestros preparativos —Sax se sienta a la mesa, envuelve su cola alrededor de su cintura y comienza a morder las barritas crujientes y sin sabor.

Son mejores que el fluido azul del familiar, pero no por mucho.

LA HABITACIÓN ES ESFÉRICA, con una pequeña plataforma que se extiende desde la puerta hacia el centro. No hay nada allí, en la plataforma, excepto el brillante metal perlado que cubre todo en Cobalt. El familiar me dirige hacia ella de todos modos. La voz no ha hablado mucho en el camino hasta aquí, como si se hubiera distraído con algo.

Camino hacia la plataforma en silencio.

Ignos, sin embargo, sigue hablando.

Esta es una cámara de inmersión. Probarán-

Basta. Cállate. Todavía estoy conmocionada por descubrir lo que Ignos realmente es, y cada vez que la criatura zumba en mi mente, empiezo a entrar en pánico. Me preocupa que Ignos vaya a manipularme de nuevo. Decirme algo que quiero oír y que sirva a sus propios fines.

Desde la plataforma puedo mirar a mi alrededor. No es una esfera excepcionalmente alta, aunque creo que es lo suficientemente alta como para que uno de los Oratus se pare donde estoy yo. Ciertamente más del doble de mi propia altura por arriba y por abajo. Los paneles, sin embargo, llaman mi atención: rectángulos entrelazados, y las líneas entre cada uno de ellos palpitan en diferentes colores. Olas de amarillo y naranja y azul y verde cascadean alrededor de la esfera. Es hipnotizante, de una belleza antinatural.

Oigo que la puerta se cierra.

Estoy atrapada en esta habitación, y por primera vez desde que llegué a la estación, me siento hambrienta. Necesidades biológicas. Pero todo eso desaparece rápidamente cuando las luces se apagan y me sumergen en la oscuridad.

—Esto está diseñado para darme una idea de quién eres. Cómo funcionan tu mente y tu cuerpo —dice Dalachite con un tono decreciente, como si estuviera leyendo un guion mientras hace otra cosa.

No tengo oportunidad de preguntar qué es eso, porque aparecen novas frente a mis ojos. Una serie de destellos salvajes y estoy a punto de tropezar hacia atrás, cuando me doy cuenta de que la plataforma en la que estoy ha cambiado. Mis pies estaban sobre metal liso, ahora están bloqueados. Unas bandas han pasado sobre ellos, sellándome. Es incómodo, y siento que podría romperme las piernas si lo intento con suficiente fuerza, pero las bandas me mantienen estable mientras el mundo explota a mi alrededor.

Esa es la única manera en que puedo describirlo. Luces brillantes estallan una tras otra en una miríada de colores. Después de unos segundos de esto, cierro los ojos, los aprieto con fuerza e intento hacer que desaparezca. Incluso detrás de mis párpados puedo ver los destellos hasta que se detienen y vuelve la oscuridad.

Cuando abro los ojos, no veo nada, pero ahora siento una brisa. El viento se levanta, aunque no estoy segura de dónde sopla. El aire gira alrededor de la cámara y se vuelve muy frío. Tan frío que tiemblo y mis dientes castañetean.

—Basta —intento decir, y mis palabras salen como un aliento vaporoso frente a mí.

Como si Dalachite estuviera escuchando, el viento disminuye hasta detenerse por completo antes de volver a empezar en la dirección opuesta. Esta vez, caliente. Muy caliente. Empiezo a sudar como si estuviera de pie en el desierto, bajo el calor abrasador de Ignos.

Todavía está oscuro.

Antes de que pueda respirar, antes de que pueda decir algo, el aire se detiene y la habitación equilibra su temperatura. De vuelta al mismo frescor de la nada como en todas partes de la estación. Un pequeño círculo aparece frente a mí. Una luz. Comienza a moverse. La sigo con los ojos, ya que no hay mucho más que pueda hacer de pie allí en la plataforma. Me pregunto cuál es el punto de todo esto, pero estoy atrapada y asustada y no sé qué más hacer, así que observo.

El círculo va demasiado a la izquierda, hasta el punto en que no puedo seguirlo. Mi cabeza gira y luego retuerzo mi cuerpo para rastrearlo hasta que no puedo rotar más sin desencajar mis caderas. El punto se cierne al borde de mi visión, luego vuelve y hace lo mismo en la dirección opuesta. Luego se centra directamente frente a mí. Se vuelve más brillante, tan brillante que de nuevo entrecierro los ojos y luego se atenúa repentinamente y desaparece.

En la oscuridad frente a mí aparecen imágenes. Cosas que no reconozco. Paisajes extraños, naranja y verde. Océanos agitados con formaciones de hielo blanco que se arquean en el fondo. Más y más destellan frente a mí, quedándose solo por un segundo o dos.

Hasta una. Una que me hace jadear. Una que hace que

las lágrimas vengan a mis ojos. Es un bosquecillo de árboles, con lianas colgando de sus ramas, inclinándose hacia un suelo cubierto de helechos. Al fondo, casi oculto, puedo distinguir un pequeño río que fluye. No he visto este lugar exacto, pero me recuerda a mi hogar. Es tanto mi hogar.

La imagen se desvanece hasta la nada.

Oigo máquinas tintineantes y rechinantes, una palabra que he llegado a conocer por los inventos de Ignos. Siento cosas corriendo a lo largo de mi cuerpo. Frías, metálicas. Picando mi piel e intento alcanzar para quitármelas, pero cuando lo hago algo agarra mi brazo. Más bandas. En la oscuridad no puedo ver, pero me parece que vienen del mismo lugar, la misma plataforma que todavía sostiene mis pies.

Dolor. Brutal, agudo y breve. Viaja desde mi brazo por mi cuerpo hasta mis piernas y vuelve a subir. Como si estuviera probando cada parte de mí.

—Muy bien, Kaishi —dice Dalachite mientras el dolor se desvanece—. Eres un espécimen fascinante. Algo que nunca esperé ver. Tengo una prueba final para ti. Una última cosa. Así que, por favor, relájate.

—Yo... —pero eso es todo lo que puedo decir. Mi cuerpo está exhausto, mi mente arde después de lo que acaba de suceder, y todo lo que puedo hacer es desplomarme contra el metal que sujeta mis brazos y piernas.

La puerta se abre y unos pasos se acercan a la plataforma. Giro la cabeza para mirar, pero cuando lo hago, la puerta se cierra de nuevo y cualquier cosa que se acerca queda envuelta en la oscuridad. Un momento después, siento unos dedos fríos tocando mi cabeza. Solo que éstos no son los dedos que conozco. Estos no tienen la rica textura de las manos humanas.

Estos no tienen el calor del cuerpo humano. No, estos

son inertes y resbaladizos, como ser agarrado por una gota de agua. Sostienen mi cabeza recta. Siento que algo largo comienza a deslizarse en mi oído. Sigue y sigue y sigue, y el miedo brota de Ignos, tanto que me causa náuseas.

Un espasmo y una vibración, y soy consciente, por primera vez, de lo que Ignos *es*. Hay un frenesí en mi mente. En mi cabeza. Como si miles de pies inquietos corrieran entre mis oídos, arañando y agarrando todo lo que pueden. La sensación es seguida por una palpitante y dolorosa explosión que me habría puesto de rodillas si fuera capaz de caer.

Luego termina. El objeto se retira, los pasos se alejan. La puerta se abre y se cierra de nuevo.

Las luces de la cámara se encienden lentamente, y una vez que toda la habitación está bañada en ese mismo blanco alabastrino que el resto de la estación, las restricciones se retiran.

Caigo de rodillas, planto mis manos en el frío metal y lloro.

CAPÍTULO 24

ENTRENANDO ALIADOS

SAX GUÍA A LOS HUMANOS, que se hacen llamar Viera y Malo, por el último pasillo hacia la sala de entrenamiento. No fue difícil obtener el permiso de Dalachite para el ejercicio, ya que el investigador quiere aprender sobre los especímenes tanto como Sax quiere entrenarlos.

—¿Entonces qué eres tú? —pregunta Viera mientras caminan—. Entiendo que viniste del cielo. De dondequiera que sea este lugar.

—Yo no vengo de aquí —responde Sax—. Vivo, si quieres llamarlo así, muy lejos. En una nave mucho más grande que esta estación.

—Estación, nave... Creo que estas palabras significan cosas diferentes para ti que para mí. ¿Supongo que no remas para moverte?

—¿Remar?

Malo, el otro, murmura algo que Sax no puede entender.

—No estoy bromeando —dice Viera—. Es una pregunta. En lugar de quedarnos callados como tú, estoy tratando de entender qué está pasando aquí.

Sax mira de uno a otro. Los humanos muestran coraje frente al peligro y las circunstancias desconocidas. Una señal saludable. Sax les da una rápida lección sobre viajes espaciales, sobre cómo saltar crea pliegues en el universo para llevar una nave de un extremo a otro, y por el gradual vidriado de sus ojos, sabe cuándo ha dicho suficiente.

—Otra cosa —dice Viera tan pronto como Sax guarda silencio—. La otra, la de escamas rosadas, ¿viene del mismo lugar que tú? ¿Es tu hermana?

—Nos llaman Oratus —dice Sax—. La "rosada" es mi pareja. Mi compañera de por vida.

—Sí, nosotros los humanos también intentamos hacer eso —Viera se encoge de hombros—. Siempre me pareció demasiado problema para que valiera la pena.

Sax se detiene. Presiona la punta de su cola contra el pecho de Viera y se gira para mirarla. —No me importa tu sociedad ni tu especie, excepto en la medida en que puedan ayudarnos a detener a los Sevora de infestar la galaxia.

—Entonces, ¿dirías que Bas es la agradable?

Esto está perdiendo demasiado tiempo. Sax no responde, sino que continúa avanzando.

Cuando llegan a la puerta de la sala de entrenamiento, la luz de arriba ya brilla en verde; Dalachite cumpliendo su promesa. Sax lidera el camino y señala con una garra delantera hacia el centro.

—Quédense ahí hasta que diga lo contrario —ordena Sax con un siseo agudo, y luego se dirige hacia el armario.

Dentro, más o menos como los dejó, están los dos mineros dañados, una colección de armas más pequeñas y las espadas.

Por dónde empezar.

Con una lección visceral, obviamente.

Sax agarra dos pequeños mineros y se vuelve hacia los humanos.

—Observen —dice Sax y levanta los mineros, apunta uno a cada uno de los dos humanos y aprieta los gatillos.

Destellos azules salen por una fracción de segundo y golpean a cada uno de los humanos. Ambos se estremecen y luego caen. Colapsan sin hacer ruido en el suelo. Sax se ríe, luego camina hacia ellos y los mira desde arriba.

—¿Ven? —sisea Sax—. Estos son mineros aturdidores. Llenos de energía, sobrecargaran su sistema nervioso y freirán su mente por un corto período. Útiles, porque los disparos aturdidores usan una cantidad relativamente pequeña de energía. Lo que significa que pueden disparar una y otra vez.

Para demostrarlo, Sax apunta las armas a los humanos y, justo cuando Viera y Malo comienzan a mover sus ojos hacia el Oratus, Sax les dispara por segunda vez. —Estos no ralentizarán a una criatura grande en absoluto. No mantendrán a nadie, incluso de su pequeño tamaño, paralizado por mucho tiempo. Así que es mejor usar estos en una emergencia. Para ganar tiempo, o para sorprender a alguien que espera algo diferente.

Sax vuelve a colocar los mineros aturdidores en el armario y saca una de las armas más pesadas. Una que no está rota. Vuelve al centro de la habitación. Viera y Malo ya están parpadeando, tosiendo. Tratando de recuperar el control de sus nervios.

—Este es un minero completo. Puede disparar así —Sax aprieta el gatillo y un destello rojo brillante sale y se hunde en el costado de la habitación.

La luz láser quema las paredes acolchadas, dejando limpio el metal debajo.

—Disparos rápidos y de baja potencia, pero aun capaces

de hacer bastante daño al objetivo adecuado. O, si no te importa agotar tu energía, puedes usarlo así.

Sax ajusta dónde coloca sus garras, haciendo que un conjunto diferente de pequeños círculos de colores en el costado del minero se iluminen de un rojo profundo, y aprieta el gatillo. Esta vez, en lugar de un solo destello, sale un flujo constante de energía fundida. El rayo rojo burbujeante quema el acolchado, desintegrándolo a medida que el rayo se mueve. Sax sigue disparando durante unos segundos, teniendo cuidado de cambiar su puntería para no quemar realmente la pared de la habitación hasta el otro lado.

—Ahora eso sí es un arma —dice Viera desde el suelo.

O más bien, intenta decirlo. Sax capta las palabras, interpreta el significado, pero el sonido es más un chirrido ronco que otra cosa. Sus cuerdas vocales aún no funcionan como deberían.

—Ambas les ayudarán si necesitan pelear —dice Sax—. Más tarde, tendrán la oportunidad de disparar todas estas. Aprendan cómo no volarse a sí mismos en cenizas pequeñas e insípidas.

Sax va a buscar las espadas. Para cuando regresa al centro de la habitación, tanto Malo como Viera están de pie nuevamente, aunque ninguno parece particularmente emocionado.

—No aturden también, ¿verdad? —Viera asiente hacia las espadas mientras Sax se acerca.

—No tienen por qué —responde Sax—. ¿Por qué aturdir cuando puedes matar?

Malo le dice algo a Viera de nuevo, y la humana se encoge de hombros.

—¿No hablas nuestro idioma? —pregunta Sax.

—Poco —responde Malo.

—El hombre tiene su propia lengua. Entiende la mayor parte de lo que decimos, solo que no sabe cómo responder —explica Viera—. Yo traduciré.

Malo repite lo que dijo hace un momento. Viera responde con una frase cortante, luego se vuelve hacia Sax.

—Malo dice que matar es un desperdicio —Viera se encoge de hombros—. No se puede sacrificar a un humano muerto.

—¿Sacrificar?

—Exacto. Ganas una pelea, tomas al prisionero, luego lo llevas a la cima de algún templo o a algún lugar, le sacas el corazón y le pides cosas a tus dioses —Viera habla como si estuviera describiendo la tierra más aburrida de la galaxia—. ¿Vosotros, monstruos, hacéis algo parecido?

—Nos comemos a nuestros prisioneros.

Bastante cierto para estos humanos, de todos modos.

Viera se ríe, se lo dice a Malo, quien procede a parecer enfermo, lo que solo hace que Viera se ría más fuerte.

—Mira, Malo tiene un profundo amor por su gente —continúa Viera dirigiéndose a Sax—. Tiene esta idea de que son los elegidos. Que van a terminar gobernando nuestro planeta. Y, supongo, esta galaxia de la que sigues hablando.

Ahora es el turno de Sax de reír. Viera señala el Oratus, luego dice otra serie de palabras a Malo. El guerrero humano, pues Sax puede decir la profesión de Malo de la manera en que un luchador puede verse a sí mismo en otro, no aprecia lo que sea que Viera dice. Aparta a su amiga y tiende una mano a Sax.

—Creo que quiere la espada —dice Viera.

—Eso está claro —Sax le da la hoja a Malo. El guerrero se gira y apunta la punta hacia Viera—. Creo que lo has insultado.

—Creo que sí —responde Viera, sacudiendo la cabeza—.

Habríamos borrado su civilización si Kaishi no hubiera encontrado una criatura con todas las respuestas en su cabeza. Supongo que Malo todavía se siente dolido por eso.

Una rivalidad, con una ira más profunda. Estas emociones son peligrosas. No es algo con lo que Sax quiera lidiar si, o cuando, necesite que estos dos luchen junto a él y Bas. Es mejor purgar tales sentimientos temprano. Extiende la segunda espada a Viera, quien la toma y gira la empuñadura en su mano.

—Encontrarás que la gravedad es menor aquí que en tu mundo natal —dice Sax—. Tus movimientos no tendrán la misma velocidad. Balancead con ligereza y aprended el uno del otro.

Sax retrocede hasta que su cola toca la pared de la habitación y espera. Viera mira su espada, luego a Sax. —¿Qué quieres que hagamos? ¿Que nos golpeemos?

Sax asiente.

Malo dice algo entonces, y Viera suspira hacia el guerrero. Separa los pies y coloca la espada en el medio, con ambas manos en la empuñadura. Malo dobla ligeramente las rodillas, se inclina hacia adelante y sostiene la espada en un ángulo plano. Hay tiempo para un solo respiro. Viera hace el primer movimiento. Da un paso hacia un corte amplio hacia Malo. Pero la gravedad es baja, y el impulso de su embestida es demasiado para detenerse.

Viera flota mientras intenta balancearse, cayendo hacia adelante. Malo, buscando aprovechar, levanta su espada para un corte desde arriba, pero ese movimiento también hace que Malo se eleve un poco del suelo. Lo suficiente para desequilibrarlo y juntos los dos caen suavemente al suelo en un montón arrugado.

Sax no puede evitarlo, se ríe; fuertes silbidos resuenan por la cámara.

Los dos luchadores se desenredan, volviendo a tomar sus posiciones. Viera suelta unas palabras, y Sax capta el nombre, Kaishi, de la tercera humana. Interesante. Quizás ella sea el verdadero centro de este conflicto.

Malo relaja su guardia, abre la boca para soltar alguna réplica, cuando Viera carga. Ni siquiera lidera con la espada, en su lugar dobla su pierna derecha y se impulsa, lanzando su pie izquierdo en una patada que alcanza la cara de Malo. El guerrero vuela hacia atrás, rebota en la pared. La gravedad le da a Malo tiempo suficiente para atraparse, plantar su mano en el suelo y arrodillarse, mirando hacia Viera, que se está riendo.

—Esta cosa de la gravedad. Es genial —dice Viera a Sax mientras salta, va a un metro en el aire y se hunde de nuevo.

Malo grita algo lleno de calor, y luego está de pie corriendo hacia adelante. Viera toca el suelo justo cuando Malo llega, el guerrero que carga balanceando su espada en un tajo cruzado, con suficiente control para no enviarse a sí mismo girando. Viera logra bloquear el golpe, inclinando el arma de Malo hacia el suelo. Viera sigue la guardia con una bofetada con la mano izquierda, de nuevo en la cara de Malo, y el guerrero se tambalea hacia atrás.

—No te enojes ahora, Charre —dice Viera—. Hay una razón por la que los Lunare estaban ganando antes de que Kaishi interviniera. Estáis obsoletos. Todos sois patéticos.

Sin embargo, Sax puede ver algo. Está en los ojos de Malo. En su porte mientras el guerrero se levanta de nuevo. Viera continúa lanzando insultos, aunque Sax piensa que Malo ya no los está escuchando. Está en la lucha, como todo verdadero guerrero debería estar, y este tipo de lucha termina solo de una manera.

Sax necesita detener esto ahora. Esto ya no es un ejercicio de entrenamiento.

—Quiero decir, piénsalo. Tu ejército pasa todo este tiempo trabajando con sacrificios. ¿Masacrando gente indefensa en la cima de los Niveles o de vuestros templos gigantes? ¿Cómo os está ayudando eso? —Viera gesticula con la espada—. ¿Sabes qué? No lo hace. En absoluto. No me sorprendería que, para cuando regresemos, os tengamos a todos encadenados trabajando en nuestras minas.

Cuando Malo ataca de nuevo, no da ninguna señal. Solo un ligero tensamiento de sus brazos. Entonces Malo se lanza. Empuja ambos pies contra el suelo y se zambulle hacia adelante con su hoja apuntando directamente a Viera como un misil. Un movimiento imposible en una gravedad mayor. Uno para el que Sax sospecha que Viera no tiene entrenamiento. Ni preparación. Ni idea de cómo defenderse. Ella balancea la espada, intenta bloquear, pero Viera es demasiado lenta.

Malo golpea, hunde la punta profundamente en el pecho de Viera.

Y Sax teme que haya matado a una humana.

CAPÍTULO 25

LO ORDINARIO EXTRAORDINARIO

AVANZO POR LOS PASILLOS. Un familiar me guía. Sus manos azules se extienden y toman las mías, tirando de mí mientras intento recomponerme. Busco entre las historias de mi infancia, aquellas sobre nuestro dios Ignos, sobre humanos y animales, sobre supervivencia y triunfo que ofrecen ejemplos de cómo lidiar con este tipo de trauma.

No encuentro nada.

No hay una historia Solare para esto. Ninguna leyenda ni cuento narrado alrededor del fuego que diga qué hacer cuando descubres lo fácil que eres de quebrar. Fui pinchada y sondeada en esa plataforma. Probada y desgarrada. Mi cuerpo obligado a bailar por alguna razón desconocida, para alguna criatura que no conozco ni entiendo.

Lo que me lleva a una pregunta. Lo que me da un camino a seguir.

—¿Qué fue eso? —le pregunto al familiar, mis primeras palabras desde que dejé la plataforma.

—Estoy conociéndote —responde Dalachite desde las paredes que nos rodean. El familiar nos mantiene caminando—. El comienzo de una relación larga y fructífera para ambos.

Fructífera.

Larga.

No estoy segura de que pueda soportar más de eso.

Como si leyera mis pensamientos, Dalachite continúa —: Estas primeras conversaciones pueden ser difíciles. Incluso dolorosas. Pero eso es natural. ¿Qué descubrimientos ocurren sin tal dificultad? ¿Dónde estaríamos sin la voluntad de soportar la adversidad para obtener lo que necesitamos?

—No te veo soportando nada.

Cuidado, Kaishi. Este tiene el poder de matarnos en cualquier momento que elija.

Lo que podría ser un alivio. En cualquier caso, ya he dicho las palabras, así que, mientras caminamos, espero a que la voz responda.

—Te perdonaré esa, espécimen —Dalachite elige no usar mi nombre—. Lo que he soportado está más allá de tu comprensión. Lo que he vivido, sacrificado por el bien de la galaxia, está tan lejos de tu breve prueba que ni siquiera vale la pena mencionarlo. Ve ahora, recupérate y sabe que tienes mucho más que dar antes de poder considerarte una mártir.

No quiero ser una mártir. No me importa la galaxia, algo que ni siquiera sabía que existía hasta hace unas horas. Solo quiero volver a casa.

Entonces lucha por regresar.

Lo haré.

No nos dirigimos de vuelta a mi habitación. Solo lo noto (ya que la mayoría de los pasillos se ven iguales) porque hemos estado caminando más tiempo del que tomó llegar a esa terrible plataforma.

—¿A dónde vamos? —pregunto, pero el familiar no se detiene y Dalachite no responde.

Finalmente llegamos a otra puerta y el familiar la abre con una palma azul sobre una caja negra a la derecha de la puerta. Un silbido y se abre. Me quedo paralizada. Una criatura está de pie al otro lado. La rosa y dorada. Fuera de la jungla, del pánico que nos consumió a todos aquella noche, puedo ver lo hermosas que son esas escamas, incluso mientras un miedo paralizante aprieta mi garganta.

¿Es esta otra prueba? ¿Ha decidido Dalachite que es mi hora de morir después de todo? Pero la criatura solo me mira por un momento, luego señala una mesa alta y plateada. Sobre ella, apiladas como pequeños edificios, hay pilas de gruesas barras de colores. Naranjas, marrones, amarillos: es como un arcoíris de colores cálidos. El familiar, noto, desaparece cuando entro y cierra la puerta detrás de mí.

—Te llenarán —dice la criatura rosa y dorada una vez que estamos solas, su voz un suave silbido—. Siempre y cuando, claro está, tu cuerpo funcione como el nuestro.

—¿Mi cuerpo "funciona"?

No es un término o frase que haya escuchado antes, pero estoy agradecida por algo que aleje mi mente de las pruebas y terrores que he pasado.

—Sí, funciona. Seguramente sabes y entiendes que todas las cosas son producto de lo que hay dentro de ellas. El movimiento siempre presente que se agita para mantener esos ojos tuyos parpadeando, esa mente pensando —la voz de la criatura es una mezcla de silbidos y gruñidos. Suena extraño en mis oídos, pero entonces todo lo demás en *Cobalt* también lo hace.

—¿Cómo funciona el tuyo? —pregunto.

—Soy Bas, una Oratus. Al igual que Sax. Somos armas vivientes —dice Bas—. Existimos para hacer cumplir las leyes de la galaxia. Para mantenerla estable, armoniosa y pacífica para quienes viven en ella.

—Eso suena como un discurso.

—Lo es —Bas se ríe, una especie de medio silbido, medio resoplido—. Ahora, siéntate. Come. No podemos permitir que nuestro espécimen estrella muera.

Sigo las órdenes de Bas. O más bien, lo intento. La mesa no tiene sillas, y es demasiado alta para que yo pueda comer en ella. Las barras de colores están al nivel de mis ojos, y tendría que estirarme hacia arriba y sobre ellas para alcanzarlas. Sin embargo, noto que hay placas de tonos grises en el suelo junto a la mesa. Me acerco a ellas y miro a Bas, esperando que me dé la respuesta.

—Simplemente siéntate —indica Bas—. Se elevarán para recibirte a la altura que sea más apropiada.

Lo hago, doblo las piernas y las rodillas, como si fuera a sentarme. Algo se eleva del suelo, forma un molde perfecto y me empuja hacia arriba para encontrarme con la mesa. Las barras nutritivas ahora están perfectamente posicionadas para picar sin esfuerzo.

—Eso es ingenioso —digo.

Porque lo es.

—Pruébalas. Cuando termines, puedes usar las instalaciones allí —Bas señala una pequeña puerta fuera de la cocina con un marco verde.

Devoro tres de las barras; el hambre se eleva en mí ante la comida, aunque sabe seca y sosa, exigiéndome que me llene por completo. Después, uso lo que Bas llama un lavabo, una experiencia extraña donde, una vez más, los moldes lisos se mueven para acomodar mis necesidades sin que yo lo pida. Finalmente, me reúno con Bas en la mesa, donde me entrega un gran cuenco lleno de agua y me invita a beber.

—Tú y Sax tienen nombres extraños —digo después de dar un gran trago, con algo de agua salpicando los bordes sobre la mesa.

Bas no presta atención a eso, así que yo tampoco lo hago.

—¿Más extraño aún darlos y no recibir uno a cambio? —me dice Bas y me sonrojo.

—Kaishi —digo. Bas me sonríe, lo que, con sus filas de dientes afilados, me hace estremecer.

Bas me observa tomar otro trago, y cuando el agua salpica de nuevo, esta vez rebotando en el borde de la mesa sobre mi ropa —aún la capa y la túnica que he estado usando desde que dejamos casa— se ríe por segunda vez.

—¿Normalmente bebo de algo más pequeño? —pregunto, asintiendo hacia el cuenco.

—Lo siento, Kaishi. Parece que *Cobalt* no está preparado para tu presencia —responde Bas, extendiendo sus garras en lo que creo que es un encogimiento de hombros—. Estoy segura de que Dalachite se esforzará más en el futuro para acomodar a tu especie.

Es una reprimenda. Puedo decirlo por su tono. Aun así, dejo de lado mi orgullo para hacer otras preguntas más importantes.

—¿Qué es este lugar? —pregunto—. ¿Una estación? ¿Qué es Dalachite?

—Una criatura que no conoces —responde Bas—. Si nosotros somos las armas de la galaxia, Dalachite y sus congéneres son su mente. Los Amigga dirigen estaciones como esta, controlan nuestros gobiernos. Lideran equipos en busca de descubrimientos científicos y determinan qué debemos hacer con ellos.

—¿Les obedecen?

—Disfruto atravesando a un enemigo con mis garras, explorando un nuevo mundo o sumergiéndome en una batalla para verla ganada —responde Bas—. A los Amigga no les gusta nada de eso. Así que somos socios ideales.

—¿Y uno de ellos dirige esta estación?

—Uno de ellos *es* esta estación. Cuando un Amigga elige un hogar, como este, se construye a su alrededor. Están literalmente incrustados en su interior para que puedan ver y sentir todo. Por eso te trajimos aquí.

—Para que pudiera estudiarme.

—Para que pudiera encontrar una solución —Bas extiende la mano y posa una garra en mi frente. Debería apartarme de un tirón, pero estoy demasiado cansada. Si este Oratus siente ganas de matarme, no tendré energía para luchar.

—Te refieres a la cosa dentro de mi cabeza. Ignos —decido quedarme con el nombre. Ignos no ha ofrecido uno nuevo, y ya no me importa lo suficiente como para cambiarlo.

—Lo que llevas es el mayor enemigo de la galaxia, y haremos cualquier cosa para detenerlo.

No sabe de lo que está hablando. Su especie, y estos Amigga, ellos son los verdaderos demonios de la galaxia. Destrozan a cualquiera que piense diferente, que se les oponga. No confíes en ellos, Kaishi. No lo hagas, o terminarás siendo su juguete para retorcer y girar y pinchar y hurgar hasta que no seas nada.

Bas inclina la cabeza hacia mí. Observa mis ojos. —Te está hablando, ¿verdad?

Asiento.

—Sevora, sé que estás escuchando —Bas me está hablando, y a la vez no—. No dañes a esta, o te saborearé entre mis mandíbulas. Y masticaré lentamente —Sus ojos se entrecierran sobre los míos—. En cuanto a ti, Kaishi, debes saber que tienes amigos en la estación. Aquellos que te protegerán.

Estoy a punto de agradecerle, luego recuerdo que Bas y Sax me trajeron aquí, quieren que Dalachite me examine, y no digo nada.

La puerta se abre detrás de mí, el ruido salvándome de un silencio incómodo. Un familiar está en ella, haciéndonos un gesto a ambas para que nos levantemos y lo sigamos. La voz de Dalachite crepita a nuestro alrededor: —Un espécimen ha sido herido. Hasta que la situación esté contenida, por favor regresen a sus habitaciones. Inmediatamente.

CAPÍTULO 26

EL VALOR DE UNA VIDA

VIERA ES ligera en las garras medias de Sax. Apenas más pesada que un peludo Flaum. El peso significa que Sax supera a Malo, dejando atrás al guerrero mientras se precipita por los pasillos. Dalachite ya sabe lo que ha sucedido, y los paneles en el suelo cambian a verde frente a Sax para guiarlo hacia la bahía médica del *Cobalt*.

Cuando necesita moverse, Sax puede ser muy, muy rápido: Sus garras se clavan profundamente en el suelo, dejando arañazos pero impulsándolo hacia adelante en largos empujones. Su cola se agarra a los bordes en las intersecciones de los pasillos y empuja a Sax en la dirección correcta. Incluso sus garras delanteras, vacías, agarran lo que pueden y empujan.

Aun así, Viera está perdiendo mucha sangre. Salpica y deja un brutal rastro. Sax siente el líquido espeso y caliente en su piel, y resiste el impulso de lamerlo. De dar un pequeño mordisco al espécimen tan vulnerable frente a él.

Su misión es proteger, no destruir.

Ya hay tres familiares en la bahía médica cuando Sax llega. Todos ellos se parecen vagamente a humanos o

Flaum. Dos brazos, dos piernas y de varias alturas. El número de figuras azules detiene a Sax. Confirma lo que teme; que Dalachite tiene muchos más familiares corriendo por la estación de lo que ha dejado entrever hasta ahora. Cualquiera o todos ellos podrían venir tras Sax con espadas o mineros.

Pero eso no es importante. No ahora.

Lo peor es que el *Cobalt* es viejo, y sus tratamientos están obsoletos. La cámara médica es una gran habitación individual con una cama dividida en el centro. Es grande y ancha, con delgadas líneas visibles donde, si es necesario, la plataforma puede separarse para albergar a múltiples pacientes. Ahora está como una sola, y es donde Sax coloca a Viera.

Cuando el cuerpo humano golpea la cama, las luces sobre Viera se intensifican. Máquinas y equipos avanzan desde las esquinas de la habitación por su propia cuenta. Se detienen a la distancia correcta para la masa y anchura de Viera. Programados para una eficiencia óptima. Excepto que nada sucede. Viera gime, y el profundo corte debajo y a la izquierda de su cuello continúa sangrando.

—No tenemos protocolos —dice Dalachite desde arriba—. No hay estándares para esta especie. Ningún comando a seguir.

—Es una forma basada en carbono. Escanea y repara —sisea Sax.

—¿Por qué arriesgarse a dañar más el espécimen? —responde Dalachite—. Si muere, aún podemos cosecharlo. Aún podemos aprender. O puedes intentar salvarlo, arruinarlo con algún intento mal concebido. ¿Entonces qué obtendríamos? Nada.

La misión es protección.

Sax avanza hacia la cama dividida, se eleva sobre Viera.

Hay una regla común cuando se trata de lesiones como esta, y es detener el sangrado. Luego restaurar el fluido y la sangre, si es posible. Sax ladra las órdenes. Los familiares no se mueven, pero las máquinas, programadas para responder a comandos vocales, saltan a la acción.

La cama misma parpadea en azul debajo de Viera por un segundo, realizando un escaneo de la anatomía de la humana. Inmediatamente después, un conjunto robótico de brazos delgados y espigados, cada uno con una herramienta diferente en el extremo, estalla en actividad. Alcanzando con una docena de pequeños apéndices diferentes para cortar, chasquear y coser hasta que el corte desaparece bajo una cascada de puntos.

Otro estante móvil con varias bolsas de fluidos y medicamentos colgando, se desplaza cerca de Viera, se ajusta y apunta una jeringa. Pincha el antebrazo izquierdo de Viera. La jeringa extrae algo de sangre de Viera y, como la cama, parpadea en azul por una fracción de segundo. Las bolsas se mueven en el estante, una con un color carmesí profundo se adelanta y se encaja en el tubo que conduce a la jeringa. Sangre sintética.

Es extraño que el *Cobalt* tenga los fluidos necesarios para una nueva especie, pero Sax está agradecido de todos modos. Otros robots atienden las necesidades de Viera. Se sumergen desde el techo para cortar la ropa, medir los latidos del corazón y la respiración. Para asegurarse de que esté caliente con rayos calefactores desde arriba y abajo.

Sax observa junto con los familiares. Medicina antigua. En una nave o estación moderna, Viera sería sumergida en un biotanque y regenerada a través de su mezcla de nutrientes, nanobots y células vivas listas para sustituir lo que su cuerpo no pudiera hacer por sí mismo.

El *Cobalt* es una estación vieja, y los métodos antiguos deben ser suficientes.

Malo irrumpe en la habitación, finalmente. Sax nota que el guerrero todavía lleva su espada y, antes de que Malo pueda hacer otro movimiento, Sax se acerca y le arranca el arma. Malo apenas reacciona, sus ojos fijos en Viera.

—¿Viva? —pregunta el guerrero.

—Demasiado pronto para decirlo —responde Sax—. Tu ataque fue bueno. Un movimiento inteligente.

Por la forma horrorizada en que Malo lo mira, está claro que el guerrero puede entender a Sax, aunque no sepa exactamente cómo hablar en lengua común.

Pero Sax tampoco es muy hablador. Se acomodan. Miran las máquinas zumbantes.

Observan cómo la vida de una humana se arrastra de vuelta desde el abismo sin fin.

CAPÍTULO 27

LA EMPERATRIZ, SOLA

BAS IGNORA AL FAMILIAR, rozando sus brazos azules que protestan. Dice que conoce el camino a la enfermería. Pero después del tercer giro, después de ver nuestra primera mancha de sangre derramada, dos familiares salen del pasillo frente a nosotros y bloquean el camino.

Nos indican que regresemos.

—Por favor, ambas a sus respectivas cámaras —dice Dalachite—. Ha habido un accidente, y mientras se lleva a cabo la limpieza, agradecería que todos se mantuvieran alejados de este desastre.

No es una petición.

Los familiares separan a Bas y a mí, la Oratus rosa dorada me da una última despedida con su garra mientras nuestros familiares nos guían en direcciones diferentes. Regresamos rápidamente a las habitaciones que, supongo, ahora pertenecen a Viera, Malo y a mí. Me doy cuenta de que ambas, las de ellos, tienen luces rojas brillantes sobre sus puertas. Cerradas o ausentes.

Me llevan a la mía sin comentarios, y la puerta se cierra detrás de mí tan pronto como estoy dentro. Es extraño estar sola ahora. El misterio divertido y la emoción de estar en un lugar nuevo se han desvanecido. También el miedo. Lo reemplazo con una determinación sombría. Aceptación. Este no es el lugar donde quiero estar, pero si voy a irme, voy a escapar, y para hacerlo, primero tengo que dejar de negar que estoy aquí.

Así que miro alrededor de mi habitación. Trato de encontrar algo útil. Está la cama suave y elevada que obviamente es para dormir. Algo que no he hecho desde que llegué a *Cobalt* y que, mi cerebro confuso me dice, puede que necesite pronto.

Pero aún no.

En otros lugares, aparte de las paredes perladas y vacías, hay una pantalla negra en un lado y una pequeña puerta que se abre a mi propio... ¿cómo lo llamó Bas? Lavabo. Miro adentro ahora y noto que hay algo extraño en el techo en un compartimento a la izquierda de donde se realiza el negocio principal del lavabo.

Es un entramado de agujeros. Hay un botón en la pared debajo de ellos que, cuando lo presiono, descubro que no es solo un botón sino también un dial. Si lo giro a la izquierda, comienza a brillar en rojo. Gíralo a la derecha y brilla en azul. Cuando lo presiono, agua con olor a estancado se rocía desde los agujeros. Me doy cuenta de que el dial, aquí, controla la temperatura: el rojo hace que el agua esté caliente, el azul la enfría.

He tenido frío desde que llegué a la estación, así que me quito mi capa harapienta y disfruto de unos momentos fugaces bajo esas gotas calientes. Cuando presiono el botón de nuevo, un tiempo después, soy golpeada por aire seco desde todos los ángulos, desde rejillas con agujeros tan pequeños que ni siquiera los había notado antes. Al final, estoy limpia.

Estoy a punto de ponerme mi ropa vieja cuando noto que, detrás de la cama, un nuevo armario está abierto. No estoy segura de por qué, si alguien entró a mi habitación mientras estaba en el lavabo o si la apertura es automática, pero hay ropa de un azul brillante, como el cielo de casa, allí. Al menos, eso es lo que creo que es, pero cuando saco la primera de la pila y la coloco en la cama, parece fundirse.

Es una máscara.

Hay asombro en las palabras de Ignos.

Nunca había visto una así.

¿Pero qué es?

Los Amigga prefieren las cosas activadas por el tacto. Así que pon tu mano sobre ella. Ve qué sucede.

Lo hago. Pongo mi mano plana sobre el azul... Quiero llamarlo tela, pero claramente no lo es. Demasiado suave, demasiado sin vida. Sin embargo, cuando lo toco, como lo hizo el Cache hace tanto tiempo en la jungla, la máscara se agarra a mis dedos. Se sube por mi mano, brazo y eventualmente sobre todo mi cuerpo. Incluso mi cabeza. Cierro los ojos mientras la máscara pasa sobre ellos. Hay una sensación de presión fugaz, y cuando se ha ido, abro los ojos con una visión clara.

De repente tengo calor. Perfectamente.

Cuando me miro, es como si estuviera vestida ajustadamente. Una forma que nunca había visto antes, pero que se ajusta a cada uno de mis ángulos y me hace de color azul plateado, como los familiares bajo una luz brillante. Incluso mis manos parecen enguantadas. Como un Lunare, vestido para mantenerse caliente bajo las montañas.

El pensamiento interrumpe mi fascinación como el estallido de la pistola de Viera.

Uno de mis amigos está herido, y aquí estoy, jugando en mi habitación. Olvidándome por completo de ellos.

Si quieres saber qué ha pasado, usa la consola.

Miro fijamente la pantalla en la pared a la izquierda de la puerta. Está en blanco y oscura.

¿Recuerdas, Kaishi? Pon tu mano sobre ella.

Lo hago, poniendo mi mano derecha plana contra la pantalla. Deja una impresión, y cuando una línea verde hoja comienza a delinear las puntas de mis dedos contra la pantalla, la aparto bruscamente. La ilustración desaparece.

Déjala ahí. Necesita saber quién eres.

Miro fijamente mi mano por un segundo. ¿Quién soy? ¿Cómo va a saber esta cosa quién soy por mi mano?

Busca señales. Grabados en tu palma, el calor de tu mano. La máscara te entrega a ella. Así es como la consola sabe que eres tú y no Malo. Si eres una Oratus o una Amigga.

Todavía no lo entiendo del todo, pero presiono mi mano de nuevo contra la pantalla. Una vez que el trazado verde termina, el negro se desvanece a un fondo blanco suave similar pero no exactamente igual al tono de las paredes. Contra él hay símbolos coloridos. Uno es una espiral cambiante. El otro parece ser un círculo suspendido en una forma ovalada. Otro es un revoltijo de letras aplastadas en un cuadrado, y así sucesivamente. Debe haber docenas de ellos.

Un golpe interrumpe mi exploración. Esta vez, cuando miro hacia la puerta, la luz parpadea en verde y la puerta se abre para revelar a Malo del otro lado.

Solo que no es el Malo que recuerdo. Este, mi amigo, está cubierto de sangre. Sostiene un conjunto de ropa arrugada en sus brazos. Conozco el uniforme. La túnica. La de Viera.

—¿Está viva? —pregunto, y cuando Malo asiente, suspiro aliviada.

—Casi la mato, Kaishi —dice Malo mientras entra en la habitación. Me tiende la ropa como si se supusiera que debo tomarla. Como si fuera mía ahora, de alguna manera.

—¿Cómo? —respondo, y Malo me lo cuenta.

—Fue por mi gente —dice Malo al final de su historia—. Al menos, eso es lo que pensé. Ella se burló de nosotros. Los Charre. Pero ¿qué son meras palabras en un lugar como este? ¿Cuando todo lo que tenemos somos los unos a los otros?

El rostro de Malo es la viva imagen de la angustia. Se sienta al borde de mi cama y mira fijamente la consola, aunque no creo que la vea realmente. —¿Sabes por qué estábamos en la jungla, asaltando tribus Solare? —Malo no espera que responda, así que no lo hago—. Porque queríamos saber qué estaban haciendo los Lunare. Queríamos saber qué querían de ti para poder obtenerlo primero.

—¿Para evitar que ellos lo tuvieran? —digo.

—No. Para poder intentar comprar una vida mejor para nosotros. De ellos. —Se inclina hacia adelante, presiona sus manos contra sus rodillas, y luego fuerza sus ojos hacia mí—. Viste lo que trajeron al campo. Viste esas extrañas criaturas. Las máquinas rodantes de guerra. Iban a aplastarnos, Kaishi. A borrarnos si nos poníamos delante de ellos. Así que estaba buscando una salida. Una forma de salvar a nuestra gente, y encontré una.

—Encontraste una mentira.

—Sea como sea, funcionó. Ahora estoy aquí, pero no creo que las heridas estén cerradas. Me perdí en mi odio, Kaishi. Lo cual es menos de lo que mereces. No soy digno de ti, de servirte a ti o a mi gente.

Malo se levanta de repente. Pasa junto a mí como si fuera a irse.

—¿Sigo siendo tu Emperatriz? —digo.

Hay un largo latido.

—Eres mi Emperatriz —responde Malo, mirando hacia la puerta.

—Entonces, como tu Emperatriz, te ordeno que te quedes. Que me ayudes a mí y a Viera. Que seas mi espada cuando lo necesite, y mi escudo cuando no. ¿Aceptas?

Malo se tensa, pero no hay vacilación.

—Acepto, Emperatriz.

Sin decir una palabra más, Malo sale de la habitación a grandes zancadas. La puerta se cierra tras él.

Me quedo sola con la ropa ensangrentada de Viera.

CAPÍTULO 28

CUANDO LA PRESIÓN SE CONVIERTE EN GARRA

BAS ENTRA en la bahía médica cubierta de salpicaduras azules de un familiar destruido. Sax echa un vistazo a la evidencia y muestra una sonrisa dentuda.

—Intentó mantenerme alejada de ti —explica Bas—. Fracasó.

En la mesa del centro está la humana. Aún siendo monitoreada, aún siendo trabajada, aunque la intensidad de las máquinas disminuye a medida que Viera se aleja más y más de perder la vida. Los tres familiares se quedan, mirando a la humana, y por eso Sax y Bas también se quedarán.

—La Amigga quiere dejarla morir —dice Sax—. Tomarla por partes.

Bas hace un lento recorrido por la habitación.

—No es un plan terrible.

—Yo la metí en este lío. Un accidente de entrenamiento. No es la forma en que debe irse un guerrero —Sax hace chasquear sus garras entre sí—. Además, ¿no queríamos que estuvieran vivos?

—En la medida en que sirvan a nuestras necesidades —responde Bas y luego procede a relatar los detalles de su encuentro con Kaishi. Cómo piensa que la humana definitivamente no es prisionera de los Sevora y que en realidad puede estar empezando a odiar la cosa dentro de su mente —. Huele a tristeza. No exactamente a desesperación, pero no está lejos de ello.

—Necesita un objetivo —dice Sax—. Algo a lo que apuntar. Algo por lo que valga la pena vivir.

Ambos vuelven a mirar a la humana en la cama.

—¿Crees que se emparejan como nosotros? —pregunta Bas.

—Esa mencionó algo parecido. Sonaba horrible.

—No puedes juzgar a otras especies por la grandeza de la tuya, Sax.

Sin embargo, Sax siente que puede. Está justificado, de hecho. Porque ¿de qué otra manera puede Sax medir quién es, qué es, sin puntos de referencia? ¿Sin ver cuán por debajo de él está todo lo demás?

El depredador debe conocer a su presa.

—Necesito enviar un mensaje a Evva —dice Sax después de varios minutos de zumbido de máquinas médicas—. Necesita saber lo que pensamos.

Bas está a punto de responder cuando los tres familiares se vuelven como uno y los miran.

—Me desobedeciste —la voz de Dalachite viene desde arriba—. Destrozaste otro de mis familiares.

—Fue divertido —dice Bas—. Y puede reconstruirse.

—No si te alejas llevándolo puesto —continúa la Amigga—. Cuando te pido que regreses a tus aposentos, espero que lo hagas. Esta es mi estación y seguirás mis peticiones.

—Esas peticiones suenan más como órdenes —dice Sax.

Sin pensarlo realmente, él y Bas se separan por un metro. Espacio suficiente para maniobrar si los tres familiares tienen alguna idea. Aunque todos están desarmados, y Sax aún sostiene la espada que Malo trajo consigo. Si estallara alguna pelea, ganar sería rápido y fácil.

—Llámalo como quieras, siempre que obedezcas —dice Dalachite—. Pero creo que es hora de descansar. La vida de esta está bien encaminada. Está respirando, su corazón late.

—¿Cómo sabemos que no la matarás tan pronto como salgamos de la habitación? —replica Sax.

—Porque no soy un monstruo —dice Dalachite—. Además, puedo aprender tanto observando cómo se cura esta como matándola. Ver cómo se reforma su estructura celular. Lo que hace su cuerpo para combatir posibles infecciones. Todo lo que han hecho es cambiar los parámetros de mis estudios. No arruinarlos.

—¿Confiamos en ello? —pregunta Sax a su pareja.

—No estoy segura de que tengamos elección, a menos que pretendamos pelear contra cada familiar en la estación —Bas agita una garra hacia las tres criaturas azules frente a ellos—. Vámonos. Estoy cansada de todos modos.

Salen de la bahía médica. Se dirigen hacia sus aposentos, excepto que a mitad de camino, Sax se desvía. Va hacia la bahía de acoplamiento. Cuando Dalachite pregunta por qué, Sax dice que dejaron varios suministros en la lanzadera. La excusa da resultado, y Dalachite no habla más. Es un paseo silencioso el resto del camino.

Sax actúa con normalidad mientras sube la rampa de embarque. Se dirige al puente, donde están la consola y el transmisor. No hay forma de ocultar lo que está haciendo aquí, así que Sax tiene que esperar que Dalachite esté ocupado con otras tareas y no esté mirando a través del parabrisas.

Mirando la brillante luz verde de la bahía más allá del cristal, Sax presiona el botón para grabar y comienza a hablar. Deja un mensaje largo; comparte lo que ha sucedido en la estación. Explica cómo cree que Dalachite lo está amenazando. Que Sax piensa que esto se desmoronará más pronto que tarde.

Cuando termina la transmisión, Sax sale del puente. Agarra una caja simbólica de barras nutritivas. Se dirige de vuelta por los pasillos sinuosos, hacia los aposentos. Llega al último cuando Dalachite finalmente habla.

—Sospechosamente pocos suministros, Oratus —dice la Amigga.

—Tenía antojo de nuestra propia comida. Pero dime, Amigga, ¿alguna vez duermes? —responde Sax—. ¿Siempre estás espiando?

—Siempre espiando, Oratus. Siempre viendo.

—Entonces espero que lo que hayas visto haya cumplido tus expectativas —dice Sax.

Hay una docena de despedidas formales. Formas de decir buenas noches. Sax no usa ninguna de ellas. Ninguna es digna de este encuentro. Ninguna vale la pena dispensar a Dalachite y sus criaturas azules.

Bas ya tiene su máscara quitada y está acostada en la gran esponja suave que sirve como cama Oratus. Sus extremidades se entrelazan en la superficie rojiza y suave. La esponja está fría al tacto, y se dobla y pliega a su alrededor. Sus garras la perforan, pero se cura alrededor de sus puntas para que Sax se sienta rodeado por un grueso guante.

Como hacen cada vez que duermen juntos, Sax extiende su cola a lo largo de la base de la esponja donde se encuentra con la de Bas. Se envuelven entre sí, y sus garras atraviesan la esponja para aferrarse.

Y la pareja duerme.

CAPÍTULO 29

HISTORIAS

ESTOY SENTADA EN LA CAMA. Llevo puesta la máscara y me pregunto cómo quitármela. No parece correcto dormir con semejante cosa, no es que sea incómoda, pero siento como si me estuviera monitoreando. Midiendo qué y quién soy cada segundo y modulando apropiadamente. Es una sensación extraña, y no una que se preste a los sueños. Sueños que creo que ya serán difíciles de conciliar, considerando dónde estoy.

Creo que puedes quitártela.

Pregunto cómo e Ignos no responde. Aparentemente no lo sabe. Miro el Cache, aún ajustado en mi muñeca. De nuevo veo un destello verde brillante y es como si estuviera en un bosque gigante de información. Las imágenes flotan en el ojo de mi mente, y el Cache intenta buscar lo que estoy pensando: la máscara. Sin embargo, todo lo que encuentra son descripciones borrosas. Corazonadas y especulaciones sobre cómo funcionan.

Mientras estoy dentro, me concentro en el término "Amigga" y el Cache obedece. Sin imágenes —aparentemente, lo que sea que creó el Cache nunca ha visto un Amigga en carne y hueso— pero sí mucho texto. Está lleno de adjetivos: científico, agresivo, impersonal y enfocado. Hay una frase curiosa sobre que los Amigga tienen más que ver con el estado actual de la galaxia que cualquier otra especie, pero, cuando intento profundizar más, el Cache se queda en blanco.

Así que lo dejo ir con un parpadeo y me vuelvo hacia la única otra cosa en mi habitación que podría tener respuestas: la consola. Su pantalla sigue encendida. Llena de esos íconos vertiginosos. Ignos se despierta y comienza a explicármelos. Me concentro en las bases de datos de conocimiento, como el Cache. Usando una, abro un mapa de *Cobalt* y miro dónde está la bahía médica, dónde está mi habitación en la plataforma. Memorizo lo que puedo, aunque la mitad de los términos me son desconocidos.

Presto especial atención a la ruta desde mi habitación hasta la bahía de atraque. Hacia nuestra escapatoria.

Desde allí, un ícono que parece un círculo giratorio con números y guiones llama mi atención. Lo toco y veo un registro de eventos. Simple, dispuestos uno tras otro hasta las fechas mismas, todos alineados bajo lo que el registro llama "ciclos". El registro muestra diez de ellos.

Un ciclo puede durar mucho tiempo, dependiendo de lo que suceda. Cientos y miles de tus años terrestres podrían pasar de uno al siguiente. O solo una docena.

Dalachite construyó *Cobalt* en el octavo ciclo. Deliberadamente a distancia del resto de la galaxia, un término que no entiendo.

Tú y todas tus tribus son solo una parte infinitesimal de todo, Kaishi. Sin embargo, podrías ser el descubrimiento más importante desde el comienzo de los ciclos.

Por Ignos, o al menos eso es lo que dijo Bas.

Sí.

Hay entonces un pequeño estallido de frustración por parte de Ignos, como si la admisión le doliera de alguna manera. Sin embargo, no puedo hacer nada al respecto, así que vuelvo a mirar la línea de tiempo.

Cobalt, después de su finalización, continuó al principio sin nada notable. Se asignaron y completaron pruebas. El personal permaneció y los informes de moral mostraban que las cosas estaban felices. Todo registrado en actualizaciones breves y anodinas. El primer parpadeo ocurre poco después de que se construyó la estación. Cuando la mitad del personal partió de la estación. Hay una breve nota que indica que los científicos eran superfluos y fueron removidos para disminuir los gastos de suministros. A partir de entonces, cada entrada marca más y más científicos partiendo. Las notas, sin embargo, cambian para indicar que las remociones se debieron a una mayor eficiencia.

El misterio no es difícil de resolver: los familiares reemplazaron lentamente a todos. Paso por encima de las notas restantes de partidas de personal y experimentos exitosos, hasta que llego a la última:

Los últimos de nosotros nos vamos, no por nuestro propio deseo, ya que hemos pasado toda nuestra vida aquí, sino porque Dalachite ha decidido que ya no somos relevantes. Sus "familiares" azules están en todas partes ahora, observando cada uno de nuestros movimientos, acechando nuestros pasos. Nosotros, los Sevora, quizás no igualemos la inteligencia de los Amigga, pero somos seres vivos; tenemos almas, tenemos sueños y deseos. Los familiares no tienen nada de esto. Que Dalachite encuentre esto como una ventaja es obvio.

Uno está abriendo la puerta ahora mismo.

Me despido de ti, Cobalt, y que tu amo se ahogue en el vacío de sus creaciones.

Me alejo de la línea de tiempo. Lo único que hay en esta estación, entonces, somos nosotros tres, Sax y Bas, Dalachite y sus familiares. En otra parte de la consola encuentro, finalmente, instrucciones sobre cómo quitarme la máscara. La criatura que aparece en la pantalla para demostrarlo me hace tropezar hacia atrás; parece un ratón alto de pelaje marrón con una nariz más larga y desnuda. Sin embargo, está claro lo que están haciendo sus pequeñas garras. Así que lo intento.

Extiendo los dedos de mis manos, luego los presiono contra mis propias palmas. Se siente como salir de la ducha; la máscara se desliza de mí y se agrupa en el suelo en un bulto como cuando la encontré por primera vez. La dejo a un lado, me meto en la cama. Digo las palabras que apagan las luces.

Un segundo después vuelvo a encenderlas. La oscuridad sin ellas es absoluta. Total. Como en la cámara con la plataforma. Mi corazón se acelera. Escalofríos y sudores se mezclan por todo mi cuerpo. Me tomo unos segundos. Respiraciones largas y profundas.

Puedes atenuarlas.

Digo las palabras que Ignos me indica, y en lugar de desaparecer, las luces se atenúan al nivel de un crepúsculo agonizante. Un suave resplandor anaranjado. Lo suficientemente bajo para que pueda dormir, lo suficientemente brillante para evitar que se desencadenen mis miedos.

Aunque me pregunto por qué Ignos sigue ayudándome.

Porque sigues siendo mi única forma de sobrevivir.

¿Cómo puedo confiar en él?

Tienes que elegir hacerlo. No puedo obligarte. Pero siempre intentaré ayudarte. Porque sin ti, no soy nada.

Tengo que confiar en que Ignos no me hará daño. No puedo sacarlo de mi cabeza de todos modos. Es con ese conocimiento que me quedo dormida. Lentamente, esperando sueños y pesadillas.

CAPÍTULO 30

PRUEBAS DE ARMAS

LAS BARRAS nutritivas son las mismas esta mañana que el día anterior. No es que los días tengan un significado real en *Cobalt*; las luces aquí cambian para simular el día y la noche, pero no hay estaciones ni calendarios para llevar la cuenta.

Sax agradece la proteína. La energía. Especialmente cuando los familiares aparecen de nuevo. Lo miran a él y a Bas con sus rostros azules inexpresivos. Esta vez hay dos, y cuando señalan a Sax, no le sorprende.

—¿Otro ejercicio? —dice Dalachite—. He hecho algunos ajustes. Creo que lo encontrarás más interesante esta vez.

Si queda alguna animosidad por los eventos de ayer, Sax no la percibe. Como si la Amigga hubiera seguido adelante, considerándolo una disputa que no vale la pena mencionar. A Sax le parece bien. Ya ha hecho su transmisión a Evva, y hay suficientes armas para los Oratus en sus habitaciones. Si las cosas empeoran, estarán listos.

—¿Quieres que vaya yo esta vez? —dice Bas.

—Preferiría mucho que fuera él —interrumpe Dalachite —. Estoy calibrando a los familiares, así que necesito un sujeto de origen consistente. Uno cuyos estilos pueda analizar y luego ver qué tan efectivos han sido mis ajustes.

—¿Qué tipo de ajustes? —pregunta Sax.

—Arruinaría el propósito de la demostración si te lo dijera de antemano. Todo el ejercicio radica en qué tan bien se adaptan ellos, y tú.

Sax, por debajo de la mesa, desliza su cola bajo Bas y le da dos rápidos golpecitos en la punta de su propia cola. Se pone de pie y mira a los dos familiares. —Bien. Ahora que tengo el estómago lleno, tendrán toda la ventaja que necesitan.

—¿Para ganar? —Dalachite se ríe.

—Oh, perderán —responde Sax—. Solo que más lentamente.

Los dos familiares lo guían por los pasillos de vuelta a la misma sala de entrenamiento. Lleva las cicatrices del tiroteo de Sax la noche anterior, quemaduras que Dalachite no reconoce. Esta vez, los dos familiares van al centro de la habitación y se giran hacia Sax.

—¿Otra persecución, como ayer? —pregunta Sax.

—Creo que sería el lugar perfecto para empezar —dice Dalachite—. Cuando estés listo.

Esta vez los familiares ni siquiera se mueven. Se quedan allí, observando a Sax. Él los mira. Ambos familiares son del mismo tamaño. Ambos tienen las mismas dos piernas y brazos. Ninguno capaz de superar en velocidad a un Oratus. Ninguno lleva ningún tipo de arma. ¿Cómo va a ser esto diferente de antes?

No es que importe. Sax muestra los dientes, tensa las piernas, finta hacia el de la izquierda y luego se lanza contra el de la derecha.

Sus pies con garras bombean en largos saltos, y Sax atrapa al familiar con sus garras medias, cortándolo en pedazos. El familiar explota en una tremenda aspersión azul.

Algo muerde la espalda de Sax. La ardiente quemazón de un micro aturdidor. Si Sax no estuviera usando una máscara, estaría sintiendo mucho más dolor. Tal como está, el punto en el medio de su columna se siente como si le estuvieran sosteniendo una vela encendida.

—Así que hoy estás haciendo trampa —dice Dalachite mientras Sax se gira para ver al otro familiar. En lugar de correr hacia la pared como lo hizo el día anterior, el familiar corrió directamente hacia el armario. Se colocó detrás de Sax después de que el Oratus fue a la derecha, y se armó.

—Mira quién habla —ruge Sax. El micro aturdidor podría dañar la máscara, si Sax lo permitiera—. Dijiste que esto era una persecución. No un ataque.

—El campo de batalla cambia constantemente, Oratus.

El familiar dispara de nuevo. El rayo golpea a Sax en el pecho, quemando, pero dispersándose a través de las defensas de la máscara.

Si así es como la Amigga quiere jugar, entonces Sax jugará su juego. Se lanza hacia el segundo familiar, esta vez usando sus pies para bailar hacia la derecha. Hacia la puerta y la pared que la rodea. El familiar lo sigue y dispara otro tiro. Este falla. Un poco demasiado lento. Sax se inclina ligeramente a la izquierda, salta, usa la gravedad para golpear el acolchado sobre la puerta y rebotar de modo que vuela hacia el familiar en un ángulo diagonal.

El familiar no puede apuntar el minero lo suficientemente rápido y Sax lo aplasta, presionando al familiar contra el armario donde sus garras lo convierten en papilla.

Cualquier sabor de victoria muere cuando Sax oye la puerta abrirse detrás de él. Se gira para ver entrar a cuatro familiares más. Estos no están con las manos vacías. Cada uno sostiene otra espada. No son modelos antiguos del armario tampoco. Estas son más nuevas. Brillan con circuitos. Con bordes zumbantes. Hechas para cortar directamente el metal, o una máscara.

—Bien hecho, Oratus. Has superado mis expectativas. Sin embargo, también has intentado socavar mi posición con tu pequeño mensaje. Lo siento, pero nuestros experimentos han terminado.

Sax alcanza detrás de él, saca un par de mineros del armario. Los rotos de antes. Echa un vistazo rápido hacia atrás, ve el que funciona que usó con Malo y Viera, pero no ha sido recargado. Sin embargo, queda una espada. Así que la toma. Los cuatro familiares avanzan lentamente, cada uno sosteniendo su hoja frente a sí, nivelada hacia el Oratus.

Sax se agacha, deja caer los rifles rotos y sostiene la espada en su garra izquierda. Los cuatro familiares marchan en línea, lo que significa que los extremos son los puntos débiles. Sax no quiere quedar atrapado contra una pared, así que finta hacia la derecha. Lejos de los familiares y hacia el espacio. Luego usa su cola, agarrando el interior del armario, para jalarse de nuevo hacia la izquierda. Sax trepa por la pared y salta. Esta vez no va por un ataque y vuela alto sobre la fila de cabezas azules.

Todos los familiares se giran para seguirlo mientras Sax aterriza en el extremo más alejado de la habitación, con bastante espacio libre entre él y sus enemigos. Al tocar el suelo, Sax se lanza hacia adelante, cargando directamente hacia el centro de la línea. Sus patas y garras intermedias arañan el suelo, impulsándolo más rápido a través de la habitación. Los cuatro familiares preparan sus golpes. Sax rueda. Sus garras derechas se clavan con fuerza en el acolchado. Tiran de Sax hacia la puerta. Hacia ese lado de la línea y fuera del alcance de los dos familiares de la izquierda que están bajando sus golpes hacia donde él debería haber estado.

Mientras Sax gira, su cola se azota sobre sus hombros para golpear la cabeza del familiar más cercano, el que está en el extremo del lado derecho. El golpe no lo rompe, pero hace que el familiar retroceda tambaleándose.

Le da a Sax un segundo.

Que es todo lo que necesita.

Sax completa el giro, se apoya en sus patas y se lanza hacia el siguiente familiar. Su hoja se mueve para encontrarse con él, y Sax la intercepta con la suya propia. Pero donde el familiar solo tiene un arma, Sax tiene muchas. Presiona la hoja del familiar hacia arriba y pasa por debajo de ella con sus garras intermedias.

El familiar se desmorona, y mientras la piel de Sax es golpeada por una sustancia viscosa azul, atrapa su espada zumbante con la cola mientras cae al suelo, y la lanza hacia el siguiente familiar. La espada gira de punta a punta, cortando directamente a través del medio líquido del familiar. Lo que deja solo dos.

No, cuatro. Sax cuenta rápidamente. Los otros dos están de vuelta cerca del armario. Los que Sax despedazó antes. Están agarrando los pequeños mineros aturdidores.

Así que eso es todo entonces. Sax lo ve todo en un instante. Los familiares recomponiéndose. Seguirán viniendo, seguirán atacándolo hasta que Sax inevitablemente cometa un error. Hasta que se canse demasiado, o simplemente pase por alto algo.

Nota un resplandor rojo sobre la única salida.

Sax no saldrá vivo de esta habitación.

CAPÍTULO 31

EL GRAN DISEÑO

LA PUERTA que se abre me despierta de golpe. Las luces aumentan de su tenue resplandor a un blanco brillante y abrasador, y mientras mis ojos se enfocan, veo la cabeza sin rasgos de un familiar azul de pie allí. Mirándome fijamente, o al menos eso creo, aunque no puedo ver sus ojos.

—Es hora de nuestra próxima sesión —dice la voz de Dalachite.

Me levanto de la cama y el familiar me observa mientras me pongo la máscara. Es la única ropa que tengo ahora, y la máscara se siente mejor que mi antigua túnica y capa. Menos arañazos, menos suciedad. Me calienta a la temperatura perfecta. La máscara es también, aparte del Cache, la única posesión real que tengo. Es un consuelo tenerla cerca.

Sigo al familiar por el pasillo, notando que las puertas de Malo y Viera están bloqueadas en rojo. Ni siquiera sé si Viera ha salido de la enfermería, y cuando pregunto no recibo respuesta. Una parte de mí quiere quedarse atrás, resistirse al familiar solo para ver qué pasaría, pero Ignos me dice que no lo haga.

Hacer enojar a Dalachite solo te va a lastimar más.

Esta vez vamos a una habitación diferente. No hay plataforma, ni pared esférica, sino una sola estantería larga en un lado y, sobre ella, un tanque lleno de agua verdosa. No hay nada más en la habitación, aunque puedo ver algunos rasguños en el suelo. Como si hubiera habido muebles en algún momento y ahora los hubieran movido. Hay otro familiar en la habitación, cerca del tanque. Me hace señas para que me acerque. Mientras voy, el familiar que me guió cierra la puerta y, me doy cuenta, se mueve para pararse frente a ella.

Sé lo que va a pasar.

Yo no.

Cuando suceda, quiero que recuerdes que estoy de tu lado. Recuerda que quiero lo mejor para ambos.

Lo sé. No necesariamente lo creo, pero confío en que cuando Ignos dice que su propia supervivencia depende de mí, es verdad. Después de todo, está en mi cabeza, así que si Dalachite decide que ahora es mi momento de morir, parece probable que Ignos se iría conmigo.

Me acerco al tanque. El familiar me dirige al centro para que mire a través del agua. El tanque en sí tiene aproximadamente un metro de ancho y casi medio metro de profundidad. No hay nada en él, aparte del líquido. No veo peces ni nada nadando, ni plantas creciendo.

El familiar me empuja dentro.

No todo mi cuerpo. Solo mi cara y mi cabeza. El familiar me sujeta y me empuja bajo la superficie. Empiezo a gritar, a chillar, pero entonces me doy cuenta de que no necesito hacerlo. Todavía puedo respirar, y no es difícil saber por qué. La máscara. Está haciendo el trabajo por mí. Así que dejo de luchar y espero para ver qué va a pasar después.

No tengo que esperar mucho. El familiar que me sujeta

no afloja su agarre, pero, a través de las paredes borrosas del tanque, veo que el otro familiar se acerca. Alcanza debajo de la estantería y vuelve con un dispositivo plateado y brillante casi tan largo como mi brazo.

Esto puede doler, Kaishi, pero será peor para mí que para ti.

El familiar se acerca con el dispositivo, lo empuja bajo el agua. Siento las ondulaciones mientras se acerca y sé exactamente a dónde va. Ahora lucho; mis manos y brazos se sacuden. Intento patear con mis piernas, pero los familiares son fuertes. Más fuertes que yo, de todos modos, e ignoran mis intentos.

Detente, Kaishi. Solo te harán daño.

Van a hacerlo de todos modos. Ignos, sin embargo, es insistente, triste. Así que me dejo relajar. Cierro los ojos. Siento la pieza plateada deslizarse en mi oído. La máscara cubre mi piel, pero hay algo en el dispositivo. Algo que hace que la máscara retroceda y cree un agujero. Ignos comienza a decirme, y capto la palabra eléctrico, antes de que todo se pierda.

Antes, en la primera sesión, lo sentí cuando Ignos experimentó dolor. Cuando se retorció y giró y se agitó en mi mente. Esto es similar, solo que no tan aleatorio. Es como si Ignos estuviera atrapado en una red. Atascado en el extremo de algo, y las sacudidas están enfocadas. Pinchan el lado derecho de mi cabeza y mi sien arde, y entonces lo siento. Una cosa apresurada y viscosa, dejando pequeños arañazos en mi oído mientras se mueve.

Hay un repentino estallido. Un vacío. Mis oídos se despejan y luego me están tirando hacia atrás. Fuera del agua y lejos del tanque.

—Míralo —la voz de Dalachite entra en la habitación.

El Amigga no tiene que decírmelo, porque no puedo

apartar la mirada. En el tanque hay algo a la vez pequeño y aterradoramente grande. Un cuerpo estrecho y en pendiente casi transparente, de modo que puedo ver el pequeño conjunto de órganos en su interior. La parte superior parece deshilacharse en mil hebras: cosas largas y fibrosas que se extienden por el tanque mientras el agua se mueve. Que se desplazan hasta los bordes.

—Eso es un Sevora —dice Dalachite—. Eso es lo que está dentro de ti. Lo que te está diciendo las cosas que debes hacer. Esas son las demandas que has estado siguiendo.

Lo de las pesadillas es que a menudo son más aterradoras cuando no puedes verlas. Cuando viajan a través de las sombras de los sueños esperando para abalanzarse sobre ti, y sabes que están ahí pero no sabes qué son. Aquí, sin embargo, aquí estoy viendo a Ignos en carne y hueso. Estoy viendo la cosa que estaba dentro de mí.

Sé entonces que cuando me deslicé en la tinta negra en la jungla, esto entró en mi mente.

—Hay algo muy especial en tu especie, Kaishi —dice Dalachite—. Algo que no habíamos visto antes. Algo que los Sevora no esperaban. ¿Ves todas esas frondas allí? Envuelven y atrapan tus nervios. Se entrelazan con todo lo que eres y te atrapan. Te retuercen y te convierten en una marioneta. Pero esto no sucedió contigo, ¿verdad?

—Podía escucharlo. Podíamos hablar entre nosotros.

Lo recuerdo, por supuesto. Recuerdo después de despertar. Con Ignos en mi cabeza. Cuando se quejaba de que no podía moverme. Cómo yo no podía mover mis propias piernas hasta que me devolvió el control. ¿Por qué?

—Es por eso que los Sevora son el enemigo de la galaxia —continúa Dalachite—. Toman razas inteligentes y las subvierten para sus propios fines. Un verdadero mal. Un parásito. Tú, y el resto de tu especie, pueden tener el secreto para evitar eso.

—¿Qué secreto?

—En algún lugar de tu cuerpo está la razón por la que el Sevora no puede apoderarse de ti como lo haría con cualquier otra especie. Es mi trabajo averiguar qué es.

Tengo miedo de preguntar, pero lo hago de todos modos. —¿Cómo?

No hay respuesta, al menos no una verbal. Pero lo descubro pronto. Los familiares me sujetan de nuevo y me llevan de vuelta al tanque. Me presionan bajo el agua. Mis ojos están abiertos y observo, incluso me dejan inclinar la cabeza lo suficiente para ver al Sevora. Para ver a Ignos.

No nada tanto como flota, hasta que los hilos se agitan. Se mueven como uno solo, ondeando de un lado a otro y empujando al Sevora hacia mí.

Cuando Ignos toca mi cabeza, siento sus tentáculos fibrosos. Presionan contra la máscara y luego rebotan. El Sevora no puede, no intenta volver a entrar. Pero en su lugar se queda allí, flotando cerca de mi cabeza.

Debería estar horrorizada, supongo. Debería estar gritando o entrando en pánico. No lo estoy. En parte porque, creo, sé que es Ignos quien está ahí. Sé que ha tenido tantas oportunidades de lastimarme y no lo ha hecho. No directamente, al menos. Además, no tengo elección. No puedo luchar contra estos familiares.

No sola.

Una parte de mí, también, siente curiosidad. La cosa plateada vuelve al agua, guiada por la mano de un familiar, y se acerca a mi oído. Esta vez, cuando perfora la máscara, puedo sentirla moviéndose, casi tocando los lados de mi piel. La máscara retrocede, y el espacio le da al Sevora la oportunidad de dispararse hacia mi oído como una flecha.

Los bordes de sus tentáculos se arrastran una vez más hacia mi mente.

Hacia mí.

Esta vez, sé qué buscar. Siento una segunda conciencia conectarse a la mía. El hormigueo en mis nervios cuando dicen que ya no están enviando mensajes solo a mí. Cuando mi cabeza sale del agua momentos después, escucho a Ignos.

Lo siento, Kaishi.

NUNCA VA A SER capaz de vencer a estas cosas.

Sax corre por la habitación, saltando, brincando y rodando. Haciendo movimientos precisos cuando necesita acabar con los dos familiares que siguen intentando conseguir los microaturdidores. Los cuatro con espadas lo persiguen, pero son lentos. Torpes.

Sax también se va a volver torpe. Sus músculos ya están ardiendo. Su máscara muestra marcas de quemaduras por los disparos que casi le dan. Va a cometer un error y morir bajo la hoja de un familiar.

¿Cómo va a salir de aquí?

Sax da otro salto volador hacia la pared y luego salta al techo, aferrándose con sus garras. Los familiares con espadas se dirigen a los lados y comienzan su extraña carrera de succión hacia él. Sax solo tiene segundos para respirar. Mientras tanto, los dos familiares con aturdidores se están rearmando después de la última paliza. No hay nada más en la habitación, excepto la luz roja brillante sobre la puerta.

La puerta.

Es de metal, demasiado fuerte para que Sax la rompa solo con sus garras. Sin embargo, hay más que garras en esta habitación. Más que microaturdidores y espadas. Mira el armario. El minero que aún está allí. Medio cargado desde su tiempo de exhibición con Malo y Viera, pero incluso la mitad debería ser suficiente para hacer un agujero en la puerta. Debilitarla para que Sax pueda atravesarla.

Ahora que tiene un plan, Sax no pierde el tiempo. Se desliza por el techo, hacia un portador de espada que alcanza la parte superior de la pared y se voltea boca abajo. Sax lo encuentra, y cuando el familiar balancea su espada, el Oratus se lanza hacia adelante. Sax se mete debajo del golpe y estrella al familiar contra la pared. Ambos caen, la baja gravedad y el suelo acolchado permiten que Sax llegue al fondo sin lesiones, aunque sus garras significan que el familiar no puede decir lo mismo.

Los otros portadores de espadas se dejan caer, y mientras lo hacen, Sax tiene una carrera libre hacia el armario. Lo abre de un tirón, agarra un rifle y se encuentra cara a cara con un par de microaturdidores. Disparan, y las dos ráfagas alcanzan a Sax justo en el pecho. Los aturdidores queman, abrasadores, y una extraña ola de entumecimiento se extiende.

No puede rendirse ahora o lo harán pedazos.

Hay algo que sucede con los Oratus. Cuando están desesperados, enojados, cuando luchan por sus vidas. Sax lo llama la sed de sangre, y ahora lo envuelve en furia. Aleja las quemaduras, los dolores, el agotamiento. Sax se levanta, recibe otros dos disparos y luego atraviesa a los familiares. Los golpea contra el suelo y lanza los aturdidores al otro lado de la habitación.

Un par de portadores de espadas es el siguiente, y Sax los esquiva. Da un rápido salto hacia el centro de la habitación y gira en el aire. Apunta el minero hacia la puerta. Aprieta el gatillo mientras flota y desata una lanza de energía azul que golpea su objétivo. El centro-derecha de la puerta brilla naranja antes de enrollarse y ennegrecerse lejos del rayo, que se apaga un momento después.

Los mineros más viejos consumen energía como un Fassoth consume comida. Sax ha olvidado cuántos paquetes de energía solían llevar.

El tercer portador de espada atrapa a Sax por detrás, casi le corta la cola, pero Sax siente el aire moviéndose cuando llega la espada y solo sufre un corte. El Oratus se gira y, de un solo mordisco, destruye la cabeza del familiar. Se traga la pasta. Sax no está seguro si le hará enfermar, pero sabe que esa cosa no volverá a reformarse.

Las dos espadas que había esquivado se están acercando. Se interponen entre Sax y la puerta, pero Sax no tiene tiempo para esto. Gira el minero de lado y lo lanza hacia el espadachín de la derecha. El familiar se mueve para bloquearlo, pero Sax sigue su propio lanzamiento con un salto. Atrapa el rifle cuando el espadachín lo bloquea, y usa el impulso adicional para empujar la hoja de vuelta al cuerpo del propio espadachín.

Sax lo derriba y continúa hacia la puerta. El último espadachín se gira para perseguirlo, pero es demasiado lento. Sax embiste contra la puerta debilitada, que se hace pedazos cuando el Oratus la golpea. Sax rueda hacia el pasillo, se arrastra por el suelo y se lanza por el corredor. Oye la voz de Dalachite. Llamándolo, riéndose de él. Ordenándole que vuelva a la habitación.

Sax ignora los sonidos de su presa.

Se dirige hacia sus aposentos. Esta vez no hay luces verdes que le indiquen por dónde ir. No hay familiares señalando la dirección correcta. Sax se guía por una cosa y solo una: el olor de su pareja. El aroma de ella lo guía a través de la estación, y cuando abre la puerta de sus aposentos, encuentra a Bas ya armada. Ella echa un vistazo al corte en la cola de Sax y las marcas de quemaduras que cubren su piel y sisea. No es una risa, no es un saludo. Un bajo, enojado y ardiente rugido de aire que sale gruñendo entre sus dientes, labios y las rejillas que recorren su pecho. Un sonido que Sax solo ha escuchado unas pocas veces antes, un sonido reservado para él y aquellos que se atreven a cruzarse en su camino.

—Voy a matarlo —responde Sax.

—Vamos a matarlo —replica Bas.

—Asegura los especímenes —argumenta Sax—. Asegura la lanzadera. Asegúrate de que podamos salir de la estación.

—Quieres esto, ¿verdad?

Ella lo conoce tan bien.

—Necesito esto —dice Sax.

La presa lo ha estado molestando desde que aterrizaron aquí. Los familiares son extrañas abominaciones. Antinaturales. Ahora Sax puede actuar al respecto. Llega el momento de poner a este limo engreído en su lugar. Sus ojos se mueven hacia el casillero sobre la cama. Allí yacen un par de rifles pequeños y las espadas de barra negra que prefiere.

El Amigga comenzó la pelea. Sax la terminará.

VOY CAMINANDO de regreso a mi habitación cuando mi escolta de dos familiares me empuja hacia adelante con más urgencia. No hay respuesta a mi sorprendida pregunta, ni explicación por ser empujada por los pasillos. Me presionan a través de puertas que se cierran detrás de nosotros, bloqueando los pasajes a medida que avanzamos. Termino de vuelta en mi habitación. Sin oportunidad de comer, beber o hacer cualquier otra cosa. La puerta se cierra y escucho a los familiares alejarse.

Algo anda mal.

Eso es lo que deduzco. Lo que es más preocupante es que la consola está oscura y no reacciona cuando la presiono. Esperaba que pudiera tener alguna información sobre lo que está sucediendo en *Cobalt*, pero no tengo suerte. Sin opciones, el furor curioso se desvanece, lo que dirige mi atención a mi propia cabeza y lo que hay dentro de ella.

¿Te parezco repugnante?

Sí. No hay otra respuesta. No solo Ignos parece aterrador, está dentro de mí. Siempre ahí. Ahora sé que esos largos y delgados zarcillos se están envolviendo alrededor de mi cuerpo y conectándose a mis nervios. ¿Cómo se supone que no voy a sentir asco? ¿Cómo se supone que no voy a tener miedo?

El conocimiento, Kaishi, es el antídoto contra el miedo. Me temes porque no entiendes lo que soy. Déjame cambiar eso.

No protesto, así que Ignos continúa. Me cuenta la historia de los Sevora.

Los Sevora despertaron en el pasado distante. Ignos no sabe cuántos ciclos han pasado, y como realmente no comprendo qué es un ciclo, no insisto en ello. Todo lo que sabe es que existen en lo profundo de las cuevas y cavernas de un mundo rocoso. Uno cubierto de pantanos en la superficie.

Los Sevora allí nadaban por las aguas, ocasionalmente encontrando y devorando criaturas que compartían su espacio. Algunos crecían hasta la madurez completa, y se incrustaban en el suelo bajo los vastos océanos y pantanos para dar a luz a nuevas generaciones. El propio Ignos nunca ha alcanzado esa etapa. Nunca lo hará, si tiene elección.

Porque una vez que maduras, una vez que das a luz a la siguiente generación, mueres una muerte larga.

Aunque no realmente. Ignos y yo tenemos diferentes definiciones de muerte. Para él, para la mayoría de los Sevora, la muerte significa la pérdida de nueva vida.

Después de que un Sevora madura, ya no puede tomar un nuevo huésped. Para viajar y ver qué más contiene la galaxia. Los Sevora maduros se fusionan con su hogar. Como Dalachite y esta estación espacial. Una vez que se activa el ciclo de maduración, todo lo demás se detiene.

Insisto a Ignos para que vuelva a la historia. Por interesante que sea la biología de los Sevora, no necesito más pesadillas. No dormiré de todos modos.

Ignos vuelve a la línea temporal, al primer instante en que los Sevora tuvieron alguna idea de sus verdaderas habilidades. El momento llegó cuando la vida inteligente visitó por primera vez el planeta. Un destello en el cielo similar al que experimenté en mi hogar.

Una nave se estrelló en un pantano poco profundo. Bandas de criaturas peludas, a las que Ignos llama Flaum, emergieron. Las mismas que había visto en los videos de la consola sobre cómo ponerse una máscara. Tropezaron por el pantano, inseguros de dónde estaban, y los Sevora aprovecharon. Robaron uno, luego el siguiente y el siguiente hasta que toda la nave había sido capturada. Por primera vez, los Sevora tenían pulgares y dedos, e ideas para robar. Tomaron ese conocimiento, tomaron la nave estrellada e hicieron más.

Y se expandieron.

Su crecimiento ocurrió sin obstáculos durante mucho tiempo. Ignos está alardeando en este punto. Sumergiéndose en una historia lujuriosa y melancólica que deja claro que esto es a lo que Ignos quiere volver. Los Sevora se infiltraron en sociedades, ciudades, planetas enteros y crecieron para esclavizarlos a todos. Tomando la mente de cada criatura consciente y convirtiéndola a su voluntad colectiva.

Hasta que los Amigga los encontraron. Enviaron a los Vincere para reducirlos. Desde ese momento ha sido un conflicto continuo y sangriento. Sin embargo, los Sevora necesitan cautivos. Necesitan cuerpos para hospedar. Los Amigga y Oratus, junto con todas las demás especies, no tienen ese problema. Los números desproporcionados significan que los Sevora han estado en retirada gradual desde el principio, y ahora están casi extintos.

Ignos está buscando simpatía, pero, como una Solare

que ha experimentado el declive de mi propio pueblo, no tengo ninguna para dar. No ayuda que los Sevora vivan usando a otros. Me repugna la idea de ser una invitada en mi propio cuerpo. Es difícil motivarse para ayudar a una especie así.

Sí, usamos especies. Tomamos sus ideas y las expandimos. Mejoramos su tecnología, purificamos sus sociedades de problemas tanto físicos como culturales. Detenemos la violencia, Kaishi. El crimen. El odio. Todo desaparece. Ningún Sevora, ningún huésped pasa hambre o carece de atención médica.

Creo que podemos tener eso sin perder la libertad.

Entonces muéstrame dónde.

No puedo. Todavía.

Ignos no se rinde, sin embargo.

Tú y yo estamos conectados a los mismos nervios. Si siento dolor, tú sientes dolor. Si siento placer, tú también. Las especies que tomamos, viven y continúan viviendo grandes vidas. Es como ver algo en una consola, pero experimentando las alegrías de ello. Los éxitos. No hay fracaso, no hay muerte.

Entonces, ¿por qué estamos aquí en esta estación, si los Sevora son tan maravillosos?

Mi pregunta queda sin respuesta por un momento. Ignos finalmente regresa lento. Cauteloso.

Estamos aquí porque la galaxia no nos entiende. Porque nos ve como una amenaza. Como esclavizadores, en lugar de liberadores.

¿Qué soy yo entonces? ¿Cómo me ve Ignos, alguien cuya voluntad, cuya mente no puede tomar?

Una anomalía. Pero también, quizás, una respuesta. Presentas una opción a la galaxia, Kaishi. Presentas la esperanza de un equilibrio. Si pudiéramos darle la opción a una especie, la elección de una vida sin estrés, miedo o preocupa-

*ción, o una con todas esas cosas pero con verdadera libertad...
Entonces quizás los Sevora no serían tan odiados.*

No veo cómo alguien podría elegir lo primero, pero Ignos se ríe.

Has visto los Pozos de Damantum, la persona desesperada que anhela algo mejor. Que está al final de todos sus sueños. Que, dada la opción, abandonaría lo poco que su libertad le ha dado y en su lugar elegiría comodidad, felicidad, paz.

Estoy a punto de continuar la conversación cuando hay un golpe en la puerta. Mi máscara me permite conectarme con la puerta y abrirla de golpe. Malo está afuera, su capa y túnica rasgadas y andrajosas, pero me atrae Viera, colgando del hombro de Malo, cansada, pálida, pero aún lanzándome una sonrisa afilada.

No puedo evitarlo. Grito un poco de alegría, corro hacia adelante y abrazo a la Lunare, luego al Charre. Fuerte. Tanto Malo como Viera devuelven el apretón, y cuando retrocedo, ambos se miran entre sí, luego a mí con pequeñas sonrisas.

—Me disculpé —dice Malo en lengua Charre—. Viera dice que soy mejor con la espada de lo que esperaba.

—Tienes suerte —añade Viera—. Haz eso de nuevo y terminarás con mi espada en tu costado.

Malo niega con la cabeza, me mira. —Lo que he aprendido, dolorosamente, es que solo estamos nosotros aquí. No importa cuán terrible pueda ser Viera, es mejor tenerla que perderla.

—Entren —digo. En parte porque he notado que en el pasillo hay dos familiares parados al final de nuestra sección. Nos observan con sus rostros azules en blanco, y está causando escalofríos inquietantes.

Malo y Viera entran y la puerta se cierra detrás de ellos.

Mantengo la conversación en Charre, esperando que Dalachite no pueda entender lo que estamos diciendo.

—Cuéntame —le hablo a Viera—. Dime, ¿cómo fue?

—Desagradable. Un dolor agudo, e inconsciencia, y luego la sensación creciente de mil cosas sucediéndome. Entré y salí de la consciencia lo que deben haber sido una docena de veces. Imagina abrir los ojos y ver extraños miembros metálicos acercándose a ti, retrocediendo, pinchando y sondeando tu piel. Mirar a la izquierda y ver un tubo que va de tu brazo a una extraña bolsa llena de fluido rojo. Tendré pesadillas con esto para siempre.

—Apareció en mi puerta —dice Malo—. Hace unos momentos. Así.

—Los familiares me trajeron. Dijeron que debería descansar un poco, pero ¿desde cuándo he seguido órdenes?

—Ciertamente no las mías —digo.

—Obviamente. Soy tu consejera, no tu sirviente. —Viera hace chasquear sus dientes—. Y como tu consejera, me pregunto, ¿cuándo saldremos de aquí?

Es una pregunta que he estado reflexionando desde la primera sesión. De inmediato estoy fascinada por todo lo que me rodea. Quiero saber más, entender y crecer en este vasto universo, pero tengo la sensación de que cada momento en esta estación me pone en riesgo. Dalachite, después de todo, no parece muy interesado en mi salud, lo que hace que mi respuesta sea fácil.

—Tan pronto como sea posible. No creo que Dalachite nos deje salir con vida.

Les cuento sobre mis sesiones. Les hablo de Ignos. Están atónitos, pero Viera es la más rápida en sacudirse el asombro.

—¿Hay una criatura en tu mente que se hace pasar por un dios? No puedo decir que esté sorprendida dado lo que hemos visto. No importa de todos modos, sus respuestas aún funcionaron. Sus máquinas hicieron lo que debían hacer. Mientras esté en tu cabeza y no en la mía, usémoslo.

Mis ojos se desvían hacia Malo, para ver cómo lo está tomando.

—Sigues siendo mi emperatriz —responde Malo, inclinando la cabeza—. Hay más en eso que tener un dios en tu cabeza.

No es exactamente satisfactorio, pero lo aceptaré.

—Esto es lo que necesitamos hacer —digo—. Salir de aquí. Encontrar una manera de llegar a la bahía de acoplamiento, y luego puedo usar el Cache, e Ignos, para aprender a pilotear la lanzadera.

—¿Crees que esa cosa nos dejará salir caminando de aquí? —pregunta Viera—. Porque apuesto a que preferiría tenernos despedazados para poder estudiar cada uno de nuestros órganos internos.

Necesitan armas.

Planteo el dilema de Ignos a la pareja.

—La sala de entrenamiento —dice Malo—. Hay un gabinete lleno. Estoy seguro de que podríamos usar algunas de ellas.

—Porque eso es lo que quiero, que tú vuelvas a empuñar una espada —dice Viera.

—¿Y si prometo atacar solo a nuestros enemigos? ¿Cortar esas cosas azules?

—Estaría de acuerdo con eso. Siempre y cuando yo esté a distancia.

Los miro a ambos. Asienten hacia mí. El plan está establecido.

Nos vamos a ir de esta estación.

CAPÍTULO 34

EXPERIMENTOS

A SAX no le toma mucho tiempo encontrar la primera señal de resistencia. Solo unos pasos fuera de sus aposentos, con Bas dirigiéndose en la dirección opuesta, y Sax ve a un familiar moverse frente a él desde otro pasillo. Está desarmado; con las manos a los costados. Sax, con armas mortales rodeando su cintura e incrustadas en la máscara, sigue moviéndose. *Cobalt* es una estación grande, será una larga caminata hasta llegar al centro.

—Por favor —la voz de Dalachite se derrama en el pasillo—. Antes de que vengas a matarme. Antes de que decidas acabar con todo lo que esta estación ha sido construida, me gustaría mostrarte algo.

—Ya me has mostrado bastante —sisea Sax.

El familiar no se mueve, así que cuando Sax está cerca, abre la boca. Se asegura de que dondequiera que Dalachite esté observando, pueda ver esos dientes. Ver lo que destrozará a su creación.

—Esto no. No has visto esto antes, te lo garantizo. —Lo que detiene a Sax es la voz del Amigga. No las palabras que dice. Sino más bien el tono.

No hay preocupación en ella. Ni miedo. Solo una inclinación astuta y tentadora.

—¿Qué? —Sax no puede resistirse.

—Sígueme. —Dalachite no dice nada más, y el familiar se da la vuelta y se dirige por el pasillo, en la misma dirección en la que Sax iba de todos modos.

Sax lo sigue.

Pasan por la cocina, y Sax no se sorprende al ver la puerta cerrada, con una luz roja brillando. De hecho, todas las demás rutas parecen cerradas. Incluso las luces comienzan a atenuarse mientras el Oratus camina, hasta que Sax está siguiendo a un familiar azul a través de un laberinto oscuro, con luces solitarias en el techo lanzando manchas de brillo. Sería espeluznante si Sax entendiera esa emoción. En cambio, mantiene sus garras listas. Su máscara escaneando en busca de cualquier cosa oculta.

Los monstruos dan más miedo en la oscuridad, y hay pocos monstruos peores que Sax.

Una luz verde estalla en la oscuridad, y se escucha el sonido de una puerta abriéndose. El familiar se vuelve hacia Sax y señala una habitación que acaba de aparecer de una sección en blanco de la pared.

—Lo que buscas está aquí —dice Dalachite.

—¿Lo que busco? Lo que busco eres tú.

—No, no lo soy. Lo que buscas, lo que todos buscan, son respuestas. La razón por la que estás aquí.

Sax parpadea lentamente mirando al familiar. Siempre ha sabido por qué está aquí. Para eliminar a los Sevora. Y después de ellos, cualquier otra cosa que represente una amenaza para el orden de la galaxia. No hay otra razón. No hay un gran misterio.

—Estás equivocado —dice Sax—. Conozco mi propósito.

Una risa sale a través de los altavoces invisibles.

—Solo crees que lo conoces. Eres parte de una gran construcción. Un juego que se ha estado jugando desde antes de que tu patética raza fuera creada.

Sax disfrutará devorando a este.

De nuevo el familiar hace un gesto. Sax entra en la habitación. Tiene curiosidad. No le importa lo que Dalachite diga, pero si hay una amenaza aquí, Sax prefiere neutralizarla. Si no la hay, tiene las armas para abrirse paso.

Sin embargo, al pasar, Sax se gira y con sus garras intermedias, parte al familiar y lo hace pedazos. Se reformará, pero el movimiento le trae cierta satisfacción.

Tan pronto como Sax está dentro, la puerta se cierra de golpe detrás de él y las luces se encienden. Los focos brillan alrededor de los bordes del techo, enfocándose en el centro de la habitación. El espacio es grande, cuadrado, y el suelo del centro es una serie de rejillas metálicas, con docenas de pequeños agujeros. Encima de ellas se encuentra una plataforma, elevándose un metro del suelo. Plana, elegante y plateada. Sobre ella, siendo desmembrados por un conjunto de cuatro familiares, hay dos Flaum. Por el olor, son cuerpos frescos.

—El próximo deshielo —dice Dalachite. Los familiares toman piezas y las meten en bolsas, drenan fluidos en los agujeros del suelo usando pequeños tubos de succión.

—¿Qué es esto? —Sax dice las palabras en voz alta y en su mente al mismo tiempo. Está claro que se está llevando a cabo una disección, pero ¿por qué? ¿Qué secretos podrían aún guardar los Flaum, una especie que ha tenido que ser despedazada una y otra vez durante ciclos?

—¿Ves esto? —dice Dalachite—. Esto es lo que es la ciencia. Aprendizaje continuo. Alcanzar y encontrar nuevos descubrimientos. Perfeccionar aquellos descubrimientos que ya hemos hecho. Ves a mis familiares azules, ¿verdad?

Sax siente una ira que le pica. Un creciente deseo de desmontar las cosas frente a sus ojos. El espectáculo horrendo que está viendo es aterrador, equivocado. ¿Qué está pasando en esta estación?

—Cada pieza de estos Flaum ha sido preservada. Cada parte de ellos irá a mis algoritmos. Vivirá a través de mis familiares.

—¿Vivir?

—¿Alguna vez te has preguntado, Sax, cómo hago estos familiares?

Sax no responde. Sabe que Dalachite lo explicará de todos modos, y lo hace.

—Tomo las células de los vivos, las hago girar y las convierto en lo que ves ante ti. Sin embargo, son imperfectos. Aún queda mucho trabajo por hacer. Así que sigue adelante, Sax. Sigue adelante y verás.

Una puerta se abre en el lado opuesto de la habitación. Más allá de la plataforma. Dalachite quiere que Sax siga adelante. Sus garras se contraen; quieren desgarrar. Pero Sax resiste. Como diría Bas, esto se trata de la misión, no del momento.

Sax camina, rodeando la exhibición y saliendo de la habitación hacia la siguiente. Que es exactamente igual a la primera, excepto por una diferencia crucial: Esta plataforma está sobre suelo sólido, sin agujeros, rodeada de máquinas médicas que sostienen bolsas y tanques y contenedores llenos de quién sabe qué. Todos ellos presionando, pinchando, sondeando una forma en el medio. Una que es del azul del familiar, pero también amarilla y roja en algunos puntos. Como si carne verdadera estuviera creciendo sobre la frágil sustancia del familiar.

—Todo debe crecer, Sax. Todo debe evolucionar por sí mismo. Llevó tanto tiempo crear a los familiares. Llevarlos al punto en que pudieran reemplazar a mi personal y mis robots en las tareas más simples —continúa Dalachite.

Sax puede oler una amplia gama de productos químicos. Alcoholes, pegamentos, olores punzantes de vida. El extraño olor a ozono y hierro de la sangre. Da un paso más cerca de la plataforma central. Sí, eso es pelo. Está brotando de un par de parches en el familiar. Parches de color marrón azulado. Parches que parecen casi piel.

—Siempre hay imperfecciones iniciales. Primeros modelos. Los que ves por todas partes, demostrando mi concepto. Estableciendo expectativas para lo que viene después.

Una luz verde parpadea y otra puerta se abre de golpe. Más allá.

Sax avanza. Es consciente de que esto es un espectáculo. Es consciente de lo que está pasando aquí, que esto no es para beneficio de Dalachite, sino para los visitantes de la estación. Para aquellos que están invertidos en su progreso. ¿Por qué otra razón se molestaría el Amigga con esto?

La tercera habitación contiene algo completamente diferente. Es delgada y larga. La pared a su derecha es una gran pantalla. Una que se ilumina inmediatamente y comienza a reproducir una secuencia corta. Criaturas se deslizan en la pantalla, cada una ocupando su propio espacio.

Sax reconoce al Flaum, al Whelk y al Teven, las extrañas criaturas que habitan en los postes. Todos ellos tienen círculos verdes alrededor de sus imágenes. Hay otros, todos con X rojas. Pero faltan dos por completo. El suyo propio, el Oratus, y los nuevos. Los humanos.

—Como puedes ver, tengo un largo camino por recorrer. El proyecto está incompleto. En muchos sentidos.

Al fondo, se abre otro camino. Sax sigue moviéndose.

No puede detenerse ahora. Está curioso a pesar de sí mismo. Está enojado a pesar de su curiosidad. La siguiente habitación tiene otra plataforma, pero esta está vacía. Los focos se dirigen hacia el centro plateado, dejando los lados de la habitación en sombras.

—Ven, Sax. ¿No me ayudarás? ¿No serás mi próximo gran experimento? —Hay un repentino enganche en los altavoces, un suspiro frustrado—. Desafortunadamente, no eres el único alborotador en esta estación. Diviértete, Sax. Volveré pronto.

Esto ha ido demasiado lejos. Sax da un paso hacia el centro de la habitación, busca la puerta, y su máscara emite una advertencia. Las luces brillantes son cegadoras, impiden que Sax vea los lados oscuros a su alrededor. Así que Sax hace que la máscara cambie a visión infrarroja.

Están por todas partes.

Al menos una docena, tal vez más. Pegados a las paredes y ahora caminando hacia él. Familiares. Sax no puede distinguir los detalles de las manchas naranjas y rojas que está viendo, así que retrocede. Su cola golpea la plataforma, y Sax se sube a ella mientras sus garras sacan el par de barras negras de la máscara.

Con un apretón, cada barra expulsa una hoja de un metro de largo, afilada a nivel nano para cortar la armadura más gruesa. Los familiares continúan acercándose, y Sax espera. Una vez que se acerquen, podrá derribarlos a todos.

Y lo hacen. Una ola estrellándose contra Sax desde todos los ángulos. Comienza a cortar, a girar y tajar. Verde y rojo llenan su visión, y siente sus manos, tirando, golpeando, jalando.

Una avalancha interminable.

LOS TRES SALIMOS de mi habitación en fila. Nos dirigimos hacia los dos familiares que hacen guardia. Nos miran, y espero que Dalachite pregunte qué estamos haciendo, pero no hace ningún comentario. Viera se apoya en mí y, en lugar de ir directamente hacia los familiares, de repente giro a la izquierda hacia su habitación.

Allí, hago lo mismo que en la mía y abro el compartimento sobre su cama. Al igual que en mi habitación, hay una máscara. La ayudo a ponérsela y luego vamos a la de Malo y hacemos lo mismo. Se deshacen de sus viejas y andrajosas ropas de un mundo que ya no parece tan real. Uno de junglas y luz del día, de desierto y lluvia. Ahora estamos en este. Hogar de metal y luces brillantes.

Nuestros nuevos atuendos —las máscaras se adhieren a nuestra piel como plata, aparentemente según nuestras órdenes— no provocan ninguna reacción en los familiares. Viera, aún apoyándose en mí incluso con la máscara puesta, habla primero.

—Dejé algo mío en la enfermería. Me gustaría ir a buscarlo.

—No dejaste nada en la enfermería —dice la voz de Dalachite—. Ahora, por favor, estoy ocupado con otra cosa. Vuelvan a sus habitaciones.

Mis ojos se desvían hacia Malo, y él toma el mando. No tenemos armas, pero tampoco las tienen los familiares. Son de nuestra misma altura, y sus cuerpos son extrañamente similares a los nuestros. Eso no significa que sepan pelear. Eso no significa que sean humanos.

Malo golpea al familiar más cercano en el estómago y luego, usando el impulso del movimiento, gira en un codazo de revés al familiar de la derecha. Ambos retroceden tambaleándose. Ambos parecen, por lo demás, completamente bien. Se enderezan y vuelven a bloquear el camino.

—No quiero hacerles daño, pero no tienen derecho a salir de sus habitaciones. Son mis súbditos. Se quedarán hasta que los llame —la voz de Dalachite es dura.

—Creo que preferimos irnos —digo.

Tienen que abalanzarse juntos. Empujen y pasen.

En Charre, digo lo que Ignos sugiere. Cargamos directamente hacia el centro, entre los dos familiares. Malo va a la cabeza, Viera segunda, y yo al final. Supongo que Dalachite no querrá hacerme daño. Que será más contenido, más lento conmigo que con los otros. Malo se inclina hacia adelante y baja el hombro mientras los familiares se mueven para cruzar sus brazos.

Malo es un fuerte guerrero león de los Charre. No se dobla. No cede. Empuja y embiste y clama a su dios. Empujo a Viera detrás de él y la Lunare tropieza, se agacha y usa sus manos para impulsarse desde el suelo, así que cuando Malo golpea esos brazos cruzados y aparta a los familiares hacia los lados del pasillo, estamos justo detrás. Listos para pasar corriendo.

Siento manos azules que intentan agarrarme por la espalda. Fallan.

Estamos corriendo. Viera y yo seguimos a Malo, y me esfuerzo por mantener a Viera en pie. Su respiración es superficial, trabajosa. Veo que el sudor brota bajo su máscara, la extraña ropa hace lo que puede para absorberlo. Está incluso más pálida que antes, cuando la fiebre la llevó al borde de la muerte.

—Mantente viva, Viera. Sigue moviéndote —digo.

—No te preocupes, Emperatriz, no me desmoronaré. Al menos no del todo —responde Viera.

Las puertas se cierran a lo largo de nuestro camino. A medida que se cierran, las luces se atenúan. Hasta que de repente ya no podemos ver nada, excepto una hilera de puntos brillantes que nos guían hacia adelante. Nos detenemos, y me doy la vuelta, esperando ver a los dos familiares siguiéndonos, pero no están en ninguna parte.

—Ya que insisten, les mostraré lo que quieren ver. Les mostraré adónde necesitan ir. Sigan las luces, mis súbditos, y encontrarán sus respuestas —dice Dalachite, su voz retumbando a su alrededor.

—¿Las seguimos? —dice Malo.

—No veo que tengamos otra opción —digo—. Pero estemos preparados. Porque me imagino que esto no nos lleva al muelle de atraque.

Avanzamos, Malo aún al frente, Viera en el medio y yo atrás. Es una caminata lenta, y aprovecho el tiempo para acosar a Ignos con preguntas. Intento tener una idea de lo que está pasando, pero no está seguro.

El Amigga intentará capturarlos. Eso es todo lo que puedo decir.

Eso podría haberlo imaginado por mí misma.

Las luces eventualmente nos conducen a una puerta

sellada, con una luz roja brillando hacia nosotros. Extiendo la mano y la coloco sobre el metal, pero no se abre. La máscara tampoco logra desbloquearla, sin encontrar conexión.

—Seguimos las luces —digo al aire.

—Lo hicieron. Lo hicieron. Si pudieran esperar solo un momento, hay preparativos que deben realizarse —dice Dalachite.

Miro a Viera y a Malo.

—No creo que esto vaya a terminar bien.

—Aún no podemos perder la esperanza, Emperatriz —dice Viera—. Todavía estamos vivos, ¿no?

—Por el momento —respondo.

Malo golpea la puerta dos veces más con su mano.

—Ábrela. Mátanos si vas a hacerlo, o déjanos ir.

Para mi sorpresa, la puerta hace lo que Malo dice. Se desliza hacia arriba y se abre. En la habitación, que está intensamente iluminada por una serie de focos, espera una única y gran plataforma gris. En el suelo debajo de ella hay placas metálicas perforadas con docenas de pequeños agujeros. Todo reluce, como si lo hubieran lavado recientemente.

—Ahora, si fueran tan amables de proceder, los tres, a la plataforma. Podemos comenzar —la voz de Dalachite hace eco en las paredes.

Entramos y la puerta se cierra detrás de mí. Me doy la vuelta, pero el único panel está negro y no responde.

Estamos atrapados.

NUNCA TE DETENGAS

SE ACORRALA A SÍ MISMO LUCHANDO. Siguen viniendo por Sax, aunque sus cuchillas giran, cortando en pedazos a cada nuevo atacante. Siguen viniendo porque saben que sus golpes se volverán más lentos, empezará a fallar, y eventualmente lo despedazarán. Como si eso no fuera suficiente, Sax nota que los familiares se están haciendo más grandes a medida que los que corta se absorben en la siguiente oleada. Es una embestida fútil que empeora por segundos.

Manos azules agarran la cara y los brazos de Sax. Arañan y tiran hasta que Sax las muerde o las corta, ganando microsegundos de respiro antes de que el siguiente familiar llene el hueco. No hay manera de que sobreviva si esto continúa. No hay forma de que Sax gane una guerra infinita.

Así que, en esos microsegundos, Sax busca una solución.

Hay dos puertas en la habitación. La entrada por donde vino, y otra, a su derecha. Con una pared de familiares interponiéndose entre ambas opciones. Esquiva un par de puñetazos más y contraataca cortando los brazos que los lanzaron.

El aplastamiento continúa.

Ambas puertas tienen luces rojas brillantes encima, y Sax no espera que Dalachite las abra. Tendrá que usar sus mineros. Tiene dos adheridos a la máscara, alrededor de sus garras medias. Sax agarra uno con la izquierda mientras hace un amplio barrido con las cuchillas sostenidas por sus garras delanteras para conseguir algo de espacio. Se prepara para dar un salto, y lo hace.

A diferencia de la sala de entrenamiento, esta no tiene un techo alto, y el ángulo poco profundo permite que manos azules agarren las piernas y la cola de Sax, tirando de él de vuelta a la multitud. Sax agita las espadas mientras lo arrastran hacia abajo. Corta a sus atacantes, se gana un nuevo claro al golpear el suelo. Está rodeado, sin embargo, así que no puede quedarse allí.

Sax se arrastra de vuelta hacia la plataforma, el único lugar donde puede tener un tiro limpio.

Sus piernas lo impulsan hacia adelante, y Sax usa la garra media que tiene libre para agarrar el borde de la plataforma y subirse. O lo intenta; más manos agarran su cola y lo jalan en la dirección opuesta. Gira, empuñando las espadas, pero los familiares están listos.

Algunos son cortados mientras otros esquivan los golpes o retroceden bailando. Luego se lanzan hacia adelante de nuevo antes de que Sax pueda recuperarse, inmovilizando sus brazos. Agarran las cuchillas mismas incluso mientras los filos cortan su piel. Salpica baba azul por todas partes, un océano de ella, pero el limo viviente nada de vuelta hacia los familiares en el momento en que toca una superficie.

Sax se mantiene enfocado. La puerta. Ese es el objetivo. Apunta su minero hacia ella con su garra media izquierda y aprieta el gatillo. El corto estallido, un rayo blanco-azulado, atraviesa a los familiares y golpea la puerta, quemando un agujero en ella. Entonces, manos agarradoras le arrancan el minero. Tres familiares lo agarran y ni siquiera la garra media de Sax es rival para tanta fuerza. Los familiares patean el minero de vuelta a través de la embestida mientras se abalanzan hacia adelante.

Sax rechina los dientes, patea con sus piernas, corta con cada garra libre que tiene, pero está siendo enterrado y lo sabe. Un trío de familiares presiona a Sax contra el suelo, y alcanza a ver su minero robado, tirado en el suelo más allá de sus pies. Demasiado lejos para agarrarlo, pero le da una idea.

Sax lanza su cabeza hacia adelante, mordiendo al familiar que tiene inmovilizada su garra media derecha contra el suelo, y llena su boca de baba azul. Usa el momento de libertad para sacar el otro minero de su máscara, lo apunta hacia abajo a lo largo de su propio cuerpo, y, con dedos azules atascando su boca, presionando sus ojos y las rejillas a lo largo de su pecho, aprieta el gatillo.

Sax ni siquiera ve el rayo, pero escucha el resultado.

Un calor blanco y burbujeante lo baña. La máscara no es capaz de manejarlo, y Sax siente que la piel de su cola y piernas se quema mientras el escudo protector se derrite. Destellos brillantes y flujos anaranjados ondulantes atraviesan la visión de Sax. El infrarrojo se vuelve completamente rojo y blanco, así que Sax parpadea para volver al espectro normal.

Resulta que disparar un minero a la batería de otro crea un apocalipsis en miniatura.

Las luces se han ido, y en su lugar todo lo que Sax puede ver son franjas de llamas dispersas aferrándose a las paredes, al suelo y al techo. La explosión esparció restos de familiares por todas partes, la baba convirtiéndose en burbujas negras con el calor. Humo oscuro y olores a quemado llenan la habitación.

Sax se mantiene agachado, fuerza a sus piernas, que le gritan de dolor, a moverse. Se arrastra sobre las llamas, hacia la puerta que abrió a tiros. No quedan familiares. O si los hay, no se han reformado, y con las llamas devorando cada rastro de baba sobrante, Sax no cree que vayan a volver.

Sax se lanza contra la puerta, que no presenta obstáculo; simplemente cae, debilitada por el disparo del minero y la subsecuente explosión. El pasillo es fresco, claro, brillantemente iluminado. No hay puertas que salgan de este. Solo un largo corredor que se dirige, Sax lo sabe, hacia el centro de la estación. Hacia donde vive Dalachite.

El Oratus se desploma contra un lado, usando el frío mamparo blanco como soporte. Toma un respiro. Luego otro y un tercero mientras el humo se disipa por encima.

Esta va a doler. La mayor parte de la cola de Sax está entumecida, sus piernas también. Una mirada a lo largo de su cuerpo muestra que sus escamas grises se están volviendo negras. Necesitará mucho tiempo en los tanques de curación.

Pero eso es para después. Ahora está la misión. Dalachite aún vive.

Sax se pone de pie. Duele, pero los músculos aún responden. Gravemente quemados, sí, pero no cercenados. No derretidos hasta desaparecer.

La furia impulsa al Oratus hacia adelante.

LA PUERTA apenas se cierra cuando se escucha un fuerte estruendo cerca. Los tres nos miramos, y Dalachite, que estaba terminando su orden de que camináramos hacia la plataforma central, se interrumpe abruptamente. Nos deja en silencio.

—¿Qué crees que haya sido eso? —dice Viera.

No lo sé, pero no lo digo, solo miro a Malo, que está observando la puerta lejana.

—Creo que son los otros. Las criaturas que nos trajeron aquí —dice Malo—. El tal Sax no le gusta este lugar. No confía en esas cosas azules.

—Si está intentando destruir esta estación, preferiría que no estuviéramos en ella —dice Viera y yo estoy de acuerdo.

Lo que significa que tenemos que encontrar una salida. La puerta por la que entramos sigue sin responder. Lo mismo ocurre con la otra salida. Entramos caminando aquí, y ahora estamos atrapados.

—Dalachite quiere que subamos a la plataforma —dice Malo—. ¿Tal vez deberíamos hacerlo?

—Seguir sus órdenes ya nos trajo aquí —digo—. Seguirlas de nuevo solo empeoraría las cosas.

—No, no —la voz de Dalachite irrumpe en la habitación—. No empeorará las cosas. No más de lo que ya están. Más bien, les dará un propósito. —Sus palabras ahora tienen calor. Enojo, incluso rabia—. Se subirán a la plataforma, y se acostarán allí y esperarán. Esperarán porque eso es lo que hacen los sujetos. Ese es su trabajo.

Nos miramos entre nosotros. —No lo haré —digo.

Ten cuidado, Kaishi. Esta no es una criatura que quieras enfurecer.

—Lo que la Emperatriz ordena, yo lo hago —dice Malo.

—Esto no es una petición. No es una solicitud. Es una orden —dice Dalachite—. Una que estoy dispuesto a hacer cumplir.

La puerta lejana, no la que usamos para entrar, se abre de golpe. Allí están de pie un par de criaturas horrendas. Son marrones y están manchadas, y donde no hay pelo, hay rayas azules. La misma piel lisa de los otros familiares. Sus ojos son vacíos y negros, y mechones de pelo caen de ellos al suelo.

Son inestables. Extrañas.

—¿Qué son...? —Viera no termina la frase antes de que las dos criaturas agarren a Malo y lo arrastren a la plataforma.

Viera está demasiado herida para reaccionar, pero yo doy un paso adelante, agarro el brazo de uno de ellos e intento tirar, pero no se mueve. He sentido a los otros familiares. Los azules. Son fuertes, pero no montañas. Tenía la oportunidad de resistir su fuerza, pero estos, es como intentar mover una piedra. Como si el frágil azul hubiera sido reforzado por músculos tensos.

—No luchen, sujetos. —Las palabras de Dalachite son seguidas por Malo golpeando la plataforma plateada.

Mientras lo hace, un familiar alcanza debajo y saca una larga vara plateada. Estoy intentando dar una patada y el familiar recibe el golpe sin inmutarse, luego se gira y me empuja al suelo.

Coloca la vara sobre las piernas de Malo que lucha, y la vara se cierra. Se flexiona alrededor de los muslos de Malo y aprieta con fuerza. El otro familiar coloca una segunda vara alrededor del pecho de Malo, atrapando sus brazos a los costados.

Viera y yo evaluamos las probabilidades mientras los dos monstruos se vuelven hacia nosotros. No hay duda de que no podemos luchar contra ellos. No con Viera tan débil como está, no conmigo desarmada. Dalachite nos ordena que nos rindamos, y lo hacemos.

Los familiares nos dirigen a la plataforma con Malo, nos ordenan que nos acostemos uno contra el otro en una fila de tres.

—Ahora lamento que hayan tenido que presenciar mis experimentos —dice Dalachite—. Todavía no están listos, como pueden ver. Sin embargo, algunas dificultades inesperadas me obligan a usar medidas adicionales.

Espera una oportunidad, Kaishi. El Amigga está distraído. Tendremos una oportunidad.

Entiendo lo que Ignos está diciendo, y los familiares no nos han envuelto en barras de metal como hicieron con Malo. En cambio, cuando los familiares alcanzan debajo de la plataforma, sacan tubos transparentes y ondulados que se deslizan hacia los agujeros en el suelo. Cada uno tiene, en el extremo, una aguja larga y afilada. No es difícil adivinar qué van a hacer con ellas.

—No pensé que nos harías daño —protesto—. Somos tus sujetos. Tus experimentos más preciados.

—Oh, lo son —responde Dalachite—. Los sujetos más interesantes que he estudiado desde el inicio de esta estación. Quizás en toda mi existencia. Sin embargo, debo poner a *Cobalt* por encima de cualquier prueba individual, de cualquier espécimen individual. Eso significa que ustedes tres valdrán más para mí muertos que vivos.

—Nunca aprenderás todo sobre nosotros —lo digo frenéticamente,

No tengo idea si es cierto. No tengo idea de lo que el Amigga es capaz.

—Pequeña, debes recordar, tengo tu lanzadera. Tengo sus registros. Simplemente puedo enviar a alguien a buscar más de ustedes. Traer de vuelta tantos humanos como quiera. Ahora, cierren los ojos. Será más fácil de esa manera.

El familiar se acerca. Claramente soy la primera elección, ya que una de las pesadillas marrones y parcheadas se alinea en mi cabeza y otra en mis pies.

Viera se tensa, y siento que está a punto de saltar.

—No lo hagas —digo. Hablo en el idioma de Malo, y espero que Dalachite aún no pueda entender—. Espera mi señal, luego tú vas.

Viera asiente ligeramente.

Los familiares, con tubos en cada mano, acercan las puntas hacia mí. Las agujas brillan en la luz intensa. Apuntando directamente a mis piernas, mis brazos. A centímetros de distancia cuando me muevo.

En la jungla, jugando de niña, rodábamos por el suelo. Dábamos volteretas por debajo de lianas enredadas y ramas bajas. Nos hacíamos bromas y jugábamos a pillarnos. Así que es algo natural para mí levantar las piernas, llevarlas al pecho, aunque siento un leve rasguño cuando las agujas rozan los extremos de mis pies descalzos. Sigo rodando hacia atrás y apoyo las manos en el costado de la plataforma. Siento las agujas del familiar detrás de mí arañándome los hombros, pero ignoro el ardor. La máscara amortigua parte de ello de todos modos.

Me impulso.

No es tanto que golpee, sino que caigo sobre el familiar que está de pie detrás de mi cabeza. Deja caer los tubos mientras ambos nos desplomamos, y lo golpeo lo suficientemente alto como para que pierda el equilibrio y se derrumbe en el suelo. El otro está corriendo alrededor de la plataforma cuando Viera extiende su pie izquierdo, golpea al familiar en la pierna y lo hace tropezar. Cae con fuerza, y luego Viera, sin mucha movilidad, rueda de la plataforma sobre él. Aterriza encima del familiar y empieza a golpearlo.

Me deslizo del mío, agarro los tubos del suelo y trato de evitar mirar el rojo húmedo en las puntas de las agujas. Mi familiar empieza a levantarse y mientras lo hace, mientras gira su rostro azul pardusco hacia mí, le clavo las agujas.

Profundo.

Los tubos comienzan a temblar mientras las agujas se hunden completamente, y me doy cuenta de que he activado algún mecanismo. El familiar se tambalea hacia atrás, pero he metido los tubos lo suficientemente profundo como para ver pequeños cables metálicos que brotan de la parte superior. Los cables se aferran a la piel del familiar, manteniendo las agujas firmes y entonces observo cómo la sustancia que compone al familiar comienza a drenar a través de los tubos, llenándolos de un limo azul. El familiar empieza a encogerse ante mí mientras los tubos drenan su vida misma.

Eso es lo que me habría pasado a mí. Mi sangre, mis

músculos, piel y huesos, todo succionado hacia las entrañas de *Cobalt*.

—Esto es muy inesperado —la voz de Dalachite se escucha mientras Viera continúa luchando con su familiar —. Todos mis experimentos están saliendo bastante mal hoy.

Ignoro a la cosa. Me arrastro por el suelo hacia donde Viera está peleando. Hacia donde Viera está siendo lanzada por su oponente y golpeada contra la pared. Hacia donde Viera se desploma hecha un ovillo. Este familiar ya no tiene sus tubos —los dejó caer al otro lado de la plataforma— así que no tengo nada con qué apuñalarlo, nada con qué agarrarlo, excepto mis propias manos.

Que resultan ineficaces.

El familiar no duda. Me agarra, me aprieta fuertemente entre sus brazos y me sujeta contra su pecho, y entonces siento que corre. Nos precipitamos hacia la puerta lejana por la que entró, que se abre cuando se acerca, y luego se cierra detrás de nosotros.

Mientras se cierra, oigo a Malo gritar mi nombre.

Y luego no hay nada más.

CAPÍTULO 38

MARCO FAMILIAR

SAX AVANZA TAMBALEÁNDOSE por el pasillo. Lento. No recuerda esto del mapa. No tiene idea de adónde va, pero parece haber solo un camino, así que hacia allí se dirige. Lo único que Sax sabe es que *Cobalt* es una larga extensión triangular desde una esfera en el centro. Mientras se dirija hacia el centro, llegará a donde quiere estar eventualmente.

El pasillo termina en una puerta redondeada con una luz roja brillante, como de costumbre. Sax levanta sus garras, las únicas armas que le quedan.

—No lo hagas —dice Dalachite—. Ya has dañado bastante mi estación. Si quieres pasar, yo la abriré.

Sax no se molesta en responder. No tiene la energía ni la concentración para provocar. Le da un momento a la criatura, sosteniendo el minero hacia la puerta, cuando la luz parpadea en verde y se abre. Al otro lado hay lo que se llama una sala de banda. Una cámara que rodea el centro de una estación sin paredes intermedias. Es raro tenerla, y costosa, pero si necesitas el espacio, esta es la manera de hacerlo.

Dalachite está aprovechando bien ese espacio: extendiéndose frente a Sax en ambas direcciones hay una larga cadena. Grandes barras de plástico se mueven, tiradas por lo que Sax supone son imanes programados, en un lento circuito a través de la amplia y plana superficie plateada. Cada barra abarca el ancho de la habitación, y Sax puede ver que sus partes superiores están rejilladas con fino acero. Los fondos de las barras están cubiertos de pequeñas boquillas. Boquillas que, a medida que las barras se mueven, exprimen la misma sustancia azul que compone a los familiares. Están depositando el limo en capas sobre el suelo plateado, que está dividido en largas secciones delgadas perpendiculares a las barras de plástico.

Sax se da cuenta de lo que es esto, de lo que está pasando.

Las barras de capas crean familiares. Unas docenas a la vez o más. El goteo de la sustancia viscosa los construye en seres. Sax ni siquiera tiene la energía para moverse. Para actuar. Simplemente observa, hipnotizado, cómo las barras dan vueltas y vueltas y vueltas y luego la ola termina. Toda la línea se detiene por solo un segundo, las barras se deslizan hacia el techo, que se abre y permite que un nuevo lote de sustancia viscosa rellene las barras.

Hay un suave zumbido y un ligero olor a picadura llena la habitación. Corriente; electricidad fuerte. Evidenciado aún más por las formas familiares que se estremecen. Después de que el sonido muere, cada uno se sienta lentamente. Luego se ponen de pie, levantándose de la plataforma plateada. Todos se giran y miran a Sax.

—Ahí lo tienes —dice Dalachite—. La fuente de mis sirvientes. Nada tan brillante para alguien que ha visto la galaxia, estoy seguro.

Excepto que Sax nunca ha visto nada como esto, y sabe

por qué: si esto puede estar en todas partes, en cualquier lugar, entonces ¿qué necesidad tendría alguien de otras especies? Los Amigga, *estos* Amigga, podrían dirigir mundos enteros con estas cosas.

Sax hace la única pregunta que aún arde en su mente:
—¿Cómo los controlas?

—Simple, en realidad —dice Dalachite—. Considera a los Sevora. Considera cómo colocan sus propias órdenes en los nervios de un objetivo. Cómo superan al anfitrión y envían sus mensajes por todas partes. Todo lo que he hecho es tomar un poco de Sevora en mí mismo. Todo lo que he hecho es insertar mi propio material genético en todos estos. Son mis familiares, después de todo.

—Los Sevora no pueden comunicarse a través del aire —sisea Sax en respuesta—. Necesitan estar dentro de ti. Tienen que capturarte.

—¿Es así? Si los Sevora alguna vez se miraran realmente a sí mismos, sabrían que todo lo que hacen es impulso biológico. Que todo lo que comparten con sus anfitriones viene a través de señales. Frecuencias específicas, micro-voltios específicos. No es difícil enviar esas mismas señales por toda la estación. No es difícil convencer a un personal de seguidores dispuestos a establecer un mecanismo para que hagas esto, especialmente cuando no se dan cuenta de que va a ser su propio fin al hacerlo.

—Entonces no eres mejor que los parásitos contra los que luchamos —dice Sax.

—No creo haber afirmado nunca serlo. El verdadero error de los Sevora, por supuesto, es que no lograron establecer su poder antes de que nos diéramos cuenta de que estaban ahí. No cometeré ese error. Los Amigga no cometerán ese error.

—Ya lo has hecho.

Puede que esté quemado, puede que esté agotado, pero Sax todavía tiene cuatro brazos con garras y una boca llena de dientes. Se dispone a usarlos.

Estos familiares apenas saben lo que están haciendo; sus movimientos son lentos y espasmódicos. Sax los despedaza como si fueran hierba. Los hace trizas y luego se asegura de agarrar también las barras, desgarrando la pared de la habitación hasta llegar a las grandes cosas metálicas. Sus garras tardan en cortar las gruesas barras, pero Sax las parte todas por la mitad. Es difícil moverse alrededor de la banda, pero en su centro, *Cobalt* es una estación mucho más pequeña que en las afueras.

Cada golpe de los pedazos de barra al caer al suelo es una victoria.

—Ahora quiero ver cómo haces tu ejército. —Sax mira furioso alrededor de la habitación, sin estar seguro de dónde están las cámaras.

—Primero te di la bienvenida a *Cobalt*. Luego me engañaste, mentiste y buscaste destruir mis creaciones. Ahora, de nuevo, destrozas lo que ni siquiera conoces. Tú, Oratus, eres el mayor ejemplo de nuestro fracaso. —Dalachite está aullando ahora—. Por tu culpa, mi propio progreso se ha retrasado ciclos. ¿Sabes cuánto tiempo llevará reparar esto? ¿Traer de vuelta a esos familiares que quemaste?

—No me importa. —Sax está buscando la siguiente puerta hacia el núcleo de la estación, pero no parece haber una.

—¿No te importa? Qué típico de un Oratus. Qué típico de ti descartar toda la ciencia solo para que puedas perseguir tu desgarramiento de carne y bebida de sangre...

Dalachite sigue enfurecido, pero Sax lo ignora. Debe haber una forma de llegar más adentro de la estación desde aquí. La Amigga tiene que alimentarse. No puede sellarse por completo. Sax atraviesa pesadamente el suelo plateado de impresión hasta el extremo más lejano. Escanea la pared. Cambia la máscara a infrarrojo, y ahí está. Lo ve. Detrás de una sección, un color diferente. Menor presión de aire, temperaturas más frías. Sax se acerca, mira fijamente la placa. Ahora que está aquí, puede distinguir las líneas. Una puerta corrediza disimulada, pero ¿por qué?

Dalachite guarda silencio. Debe darse cuenta de lo que Sax está mirando.

—¿Sabes qué, Oratus? ¿Sabes qué has olvidado en tu afán por destruirme?

—Cuéntame —dice Sax. Toma sus garras y las clava en la pared, con las puntas primero. El metal se resiste, pero no por mucho tiempo. Es demasiado delgado, no está hecho para resistir el golpe de un Oratus. Sax lo atraviesa y comienza a destrozarlo.

—Has olvidado que no estás solo en esta estación. Has olvidado a tu pareja. A tus humanos.

Sax sigue rasgando y destrozando. Bas puede cuidarse sola. Los humanos, sin embargo, no son tan capaces, y si Bas está custodiando la lanzadera, entonces nadie los está ayudando.

—Haré lo que sea necesario para mantenerte lejos de mí, Oratus. Incluso si eso significa destruir a mis sujetos más preciados.

—¿Los tienes? —pregunta Sax.

—Están gritando bajo mis cuchillos en este momento —dice Dalachite—. Pero, si aceptas dejarme vivir, si aceptas abandonar la estación, te los entregaré. Los dejaré ir a todos.

La puerta metálica cae, los jirones revelando un pasillo más viejo y oscuro que se adentra más. Sax ve otras entradas a los lados. Probablemente almacenes. La comida y bebida que Dalachite necesita para sobrevivir.

Excepto, los humanos.

Sax está tan cerca ahora, pero si mata a Dalachite, o si lo intenta y los humanos mueren, entonces es como dice Bas, la misión fracasa. Su oportunidad de paz fracasa.

—¿Tenemos un trato, Oratus?

CAPÍTULO 39

CHISPA DE RESISTENCIA

LA HABITACIÓN ESTÁ OSCURA. Por un momento. Luego, mientras el familiar me arrastra con un brazo, toda la pared a mi derecha se ilumina de blanco. Formas extrañas comienzan a poblar el espacio. La primera es marrón, peluda. Como el familiar que me arrastra, solo que sin los parches azules. A su lado aparece una criatura extraña parecida a una babosa, y una tercera, larga y recta, con lo que parece ser un caparazón cubriendo su cuerpo y pequeños brazos y ojos saliendo de agujeros. Aparecen varias más, una redondeada con lo que parecen ser muchos pies pequeños sobresaliendo de su círculo central.

Esta, a diferencia de las tres primeras, está sombreada de rojo.

Las estoy mirando porque no puedo pensar en otra cosa. Respiro rápido, mi corazón late con fuerza mientras el familiar me arrastra por el suelo. Estoy entrando en pánico, aunque ya he estado en situaciones de vida o muerte antes, y sé por qué: el sacrificio en la cima del Vaos, la pelea con el Lunare, entendía dónde estaba y qué estaba pasando. Aquí, nada tiene sentido. El familiar no tiene lugar en mi sociedad, en mi conocimiento del universo.

Ahora sí lo tiene.

Ignos no está ayudando.

Estamos a mitad de camino cuando un golpe resuena detrás de nosotros. Alguien golpea la puerta. Viera, a menos que Malo haya encontrado una forma de liberarse de esas barras de metal. De cualquier manera, el ruido hace que el familiar mire hacia atrás. Por encima de mi cabeza y lejos.

Contraataca.

Lo hago casi sin pensar. Capto la sugerencia de Ignos, su intento de comandar mis músculos, que no va a ninguna parte excepto a mi mente. Planto mi pie izquierdo y lanzo mi hombro en un giro de caída. Es un movimiento pesado, pero el familiar es una criatura pesada. Más fuerte que yo, pero no espera mi intento. Sus pies resbalan mientras giro mi cuerpo y su agarre se afloja mientras se enrolla. El impulso envía al familiar directamente contra la gran pantalla blanca, que golpea, y la pantalla se hace añicos. Toda la cosa parpadea y muere mientras el familiar, con el cuerpo aún sobresaliendo hacia mí, se estremece mientras vuelan chispas a su alrededor.

Me levanto lentamente, lo miro fijamente. Espero a que el familiar se levante y venga por mí, pero no lo hace.

No esperes. Ve.

Así que lo hago. Corro de vuelta a la puerta cerrada por la que entramos, pero la luz está roja y no veo una forma de abrirla. La máscara tampoco me ayuda. Miro hacia atrás al familiar, pero sigue atascado allí. Ya no se mueve.

Habrá otros. ¿Hay otra salida?

La hay. Al final del pasillo, visible en la luz parpadeante de la pantalla. Una puerta abierta, aunque solo puedo ver sombras a través de ella. Aun así, sin otro lugar a donde ir, me dirijo hacia allá. Corro por el pasillo, pasando el cuerpo del familiar, y entro en otra habitación. No hay luces aquí, y el blanco que veo proviene de lo que parece ser una puerta rota al otro extremo.

Montones de líquido ennegrecido están por todas partes; enroscados y quemados en los suelos y techos. Algunas de las pilas brillan en naranja en partes, irradiando calor. La habitación huele a humo y a quemado. Es un lugar de muerte, y no me quedo allí.

Me muevo hacia un largo pasillo y me detengo al otro lado de la puerta. Al otro extremo está la criatura que me llevó, el Oratus. Está de pie, grande, aunque noto que parece haber quemaduras negras por toda la mitad inferior de su cuerpo. Sax da un paso cojeando hacia mí.

—Detente —digo.

No es que crea que pueda ordenarle que haga algo, pero parece herido. Menos mortal que antes.

—¿Dónde están los otros dos? —me pregunta Sax, con voz de un siseo ronco.

—Detrás de mí. Encerrados en otra habitación —pienso por un segundo—. ¿Puedes liberarlos?

—¿Están a salvo?

—Por ahora —supongo que no lo sé con certeza, pero no había familiares en la habitación cuando me fui. Espero que se haya mantenido así—. Pero si podemos volver allí...

Sax sacude la cabeza.

—Tú eres la más importante, y el Amigga es la mayor amenaza. Volvemos. Ahora.

El Oratus da un lento giro y me quedo mirando su larga cola. Antebrazos, esas garras brillantes. Hay un leve destello entre su torso inferior y el superior, y me doy cuenta de que lleva una máscara. Una que solo está a medias.

No puedo creer que esté diciendo esto, pero deberías

seguirlo. Ese Oratus es nuestra mejor oportunidad de salir de esto con vida.

¿Seguirlo? Se está alejando de mis amigos. No puedo dejarlos.

Si lo ayudas a encargarse del Amigga, tus amigos vivirán. Es la única manera.

La única manera. ¿Cuántas veces había oído a Ignos decir eso? Hablar sobre el destino. Planes. La ruta segura para lograr mis esperanzas y sueños.

—Voy a volver por ellos —digo por el pasillo mientras me doy la vuelta.

—Si lo haces —dice Sax a mis espaldas—, moriré. Tú morirás. Cada una de las personas que conoces en la Tierra será tomada y usada por esta criatura para hacer más de esos familiares. Esta es nuestra oportunidad. No seas cobarde.

Miro mis manos. Siguen siendo las manos de una chica. Curtidas por años en la jungla, sí, pero por lo demás jóvenes. No tengo muchas cicatrices de batalla. No tengo décadas de coraje construyéndome para este momento. ¿Cómo se supone que voy a ayudar a una criatura mortal como Sax a luchar contra Dalachite?

No todo se gana con fuerza. A veces, solo un ojo abierto y la voluntad de aprovechar las oportunidades es suficiente.

Entonces escucho algo que no espero. Un ronco susurro, como si el Oratus tampoco pudiera creer que lo está diciendo.

—Por favor.

Debes hacerlo, Kaishi. Ayúdalo.

Recuerdo las sesiones, atrapada en esa plataforma mientras extrañas imágenes destellan frente a mis ojos. Sintiendo a Ignos entrar y salir de mi cabeza mientras Dalachite y sus familiares obligan al Sevora a moverse. El puro pánico de hace unos momentos cuando una cosa de pesadilla me arrastra.

—Si vamos a matar a esta cosa, hagámoslo rápido —miro a los ojos de Sax, le hago saber que no tengo miedo—. Quiero salvar a mis amigos.

CAPÍTULO 40

JUNTOS

LA CHICA HUMANA ES VALIENTE. Sax está más feliz de lo que habría pensado al ver eso. No entrará solo a la cámara del Amigga. El último encuentro con el Sevora maduro en la nave semilla flota fresco en su memoria. Qué fácilmente las cosas podrían volverse en contra de una sola persona. Cuán crucial es un compañero.

Sax desearía que fuera Bas quien estuviera aquí en lugar de esta pequeña humana, pero trabajará con lo que pueda conseguir. Se dirigen de vuelta a la fábrica familiar en ruinas, y cuando Kaishi le pregunta a Sax qué sucede aquí, él le dice.

—Aquí es donde se fabrican los familiares.

—Se fabricaban, creo.

Sax agita sus garras delanteras hacia la destrucción. —Esto es para lo que *yo* fui creado.

Los dos cruzan el piso. Se dirigen hacia la siguiente puerta. Fragmentos de metal cubren la entrada.

—Creí que teníamos un trato, Oratus —retumba la voz de Dalachite desde algún lugar.

—El trato requería que los humanos fueran capturados —responde Sax—. Como puedes ver, no lo están.

—Una, quizás. Pero los otros dos...

—Sobrevivirán —dice Kaishi—. Son guerreros y saben por qué están luchando.

—¿Y qué es eso exactamente? —replica el Amigga.

—La humanidad —responde Kaishi.

Sax ya no está esperando más. Atraviesa la puerta, con Kaishi detrás de él. Hay dos puertas selladas a los lados del siguiente pasillo, y una grande y circular al final. La luz tenue hace que sea más difícil ver que antes.

Mientras pasan, la primera puerta se abre de golpe. No hay cerraduras de luz en estas. Quizás no hay necesidad, tan profundo en *Cobalt*. De todos modos, es fácil ver lo que hay dentro. Cajas de suministros almacenados. Aparentemente levantadas y traídas aquí directamente de las naves. Nada que concierna a Sax y a la humana, así que continúan hasta el final. La otra puerta, a la derecha, permanece cerrada. Sax casi la revisa, casi intenta ver si se abre, pero están tan cerca ahora. Demasiado cerca para perder el tiempo en distracciones.

Sax se vuelve hacia Kaishi mientras están parados frente a la puerta. —Cuando se abra, no sé qué encontraremos al otro lado. Mantén la compostura. Mantente lista para moverte. Atraeré su atención, y tú busca formas de ayudar donde puedas.

Sax sabe que la máscara solo cubre la parte superior de su cuerpo. Su cabeza. Hay mucho dolor en sus piernas, pero le queda lo suficiente para hacer esto. Lo suficiente para enfrentarse al Amigga. La puerta no está cerrada con llave: al toque de la garra de Sax en su superficie, se abre de golpe. Allí, frente a ellos, hay una vasta habitación del doble del tamaño del centro de la nave semilla. Pasarelas rodean la cámara, extendiéndose desde la puerta y rodeando el centro. La pasarela frente a ellos se extiende hasta una plataforma en el centro. Sobre ella descansa el Amigga. Parte de él, al menos. Dalachite mismo se extiende desde su núcleo hasta los bordes de la cámara. Parece menos una criatura viviente y más una sinapsis. Un cúmulo central de órganos y tejidos con numerosas ramificaciones que se extienden hacia los lados, hacia puertos y terminales donde se han sumergido.

La iluminación es intensa y multicolor. Brilla desde cientos de terminales que muestran todo tipo de datos diferentes. Todos ellos conectados con fibra Amigga dura al núcleo principal de la criatura. *Cobalt* es parte del Amigga, y el Amigga parte de la estación. Destruir uno, y Sax probablemente destruiría al otro, al menos en cualquier sentido funcional.

—Así que llegaron hasta aquí. Felicitaciones. —Dalachite suspira—. Han arruinado mis experimentos. Destruido mis familiares. Han hecho que todo el progreso que he logrado durante tanto tiempo sea insignificante. ¿Estás feliz, Oratus? ¿Estás feliz de haber desafiado a tus maestros?

—No —responde Sax. Ha notado que Kaishi mira boquiabierta lo que está viendo. Necesita ganar tiempo para que ella se componga, para que esté lista cuando estalle la pelea—. Desobedecer órdenes no me hace feliz, pero usar estas garras para destrozarte a ti y a tus creaciones sí lo hará.

Sax da un paso adelante. Ha prometido atraer el fuego, y eso es lo que hará. Escanea la habitación en busca de armas, esperando que la máscara detecte primero cualquiera que él no pueda ver. Pero no hay ninguna. Como si Dalachite, viviendo en una estación de investigación, nunca hubiera considerado que algún día podría ser atacado.

—¿Sabes quiénes son realmente tus comandantes? —

dice Dalachite, y es desconcertante para Sax ver a la criatura hablándoles, pero escuchar la voz provenir de todas partes.

El Amigga no tiene boca. Todos los otros Amigga que Sax ha visto, sin sus propias estaciones, usan trajes móviles. Accesorios mecánicos y prótesis para moverse. Esos tienen altavoces claros. Esos ofrecen objetivos claros.

—Sé quiénes son. —Sax está contento de dejar hablar a Dalachite, y detiene su avance.

Sax usa los segundos para planear una estrategia. El primer objetivo es simple: cortar tantas conexiones como sea posible. Hacer que Dalachite no pueda acceder a los sistemas de *Cobalt*. Para que, al menos, el Amigga no pueda hacer que *Cobalt* se autodestruya mientras están en él.

—Nosotros somos tus comandantes, Oratus. Los Amigga. Te creamos, te poseemos. Y obedecerás.

Mientras Dalachite dice esto, hay un estruendo de contracción en toda la estación. Sax escucha un gemido detrás de él, y se gira a tiempo para ver a un Flaum, uno viejo de color chocolate entrando en la habitación detrás de Kaishi, con bordes blancos en su pelaje, sosteniendo un minero.

El Flaum dispara.

La explosión alcanza a Sax en el estómago. No hay impacto de un láser, no hay fuerza, pero el rayo ardiente y abrasador incendia los nervios de Sax y él tropieza hacia atrás a lo largo de la pasarela y luego se cae de ella. Rebota sobre un par de las gruesas conexiones del Amigga, similares a troncos, antes de rodar hasta quedar en reposo en el fondo mismo de la esfera.

CAPÍTULO 41

EL CUIDADOR

VEO CAER A SAX. Me giro y miro de dónde vino el disparo. La criatura es de mi tamaño. Tiene un pelaje color barro con bordes cenicientos y una cara desgastada parecida a la de un murciélago. Lleva un uniforme holgado de colores desvaídos; verdes y marrones. Apunta el arma gruesa y achaparrada hacia mí, pero no aprieta el gatillo.

—Ahora, Kaishi —dice Dalachite, su voz proviniendo de altavoces alrededor de la esfera, de modo que parece hacer eco desde todas partes—. Sabes que no quiero hacerte daño. Sabes que tienes mucho potencial. Sí, sí, ese asqueroso Oratus me dañó. Nos hizo retroceder. Pero tú y yo podemos reconstruir la estación. Puedes unirte a Coorvin aquí y hacerla completa de nuevo. Poner el universo en su camino correcto.

No me creo mucho lo que dice Dalachite. Ya ha intentado matarme varias veces, y el monstruo en sí parece tan loco y aterrador que me está costando hilvanar pensamientos coherentes.

Ignos, sin embargo, me ayuda.

Lo que estás viendo es el cuidador del Amigga. Cada

Amigga tiene que tener uno, una vez que se establece. Después de todo, míralo. No puede moverse. Ni siquiera puede alimentarse solo.

Coorvin, que deduzco es el nombre de la cosa peluda, me mira fijamente a la cara. Veo destellos de inteligencia en esos ojos negros y pequeños, pero su boca no se mueve. Le disparó a Sax, así que no puedo considerarlo un amigo, pero atacarlo podría significar que acabe como los Oratus carbonizados en el fondo de la cámara. Así que dudo. Decido recurrir a lo que mejor se me da: hacer preguntas.

—¿Qué debo hacer? —digo en voz alta, preguntándoselo a Dalachite, a Coorvin y a Ignos.

Coorvin responde primero, con un ronco y ligero susurro.

—Ayúdame.

—Sí, ayúdalo —dice Dalachite—. Di la palabra, Kaishi. Incluso podemos perdonar a esos otros especímenes. Tus amigos. Estaréis todos juntos aquí en *Cobalt*. Todos trabajaréis conmigo. Nunca volveréis a desear ni necesitar nada jamás.

No percibo esa vibración de Coorvin. Que todas sus preocupaciones se hayan ido y esté viviendo una vida feliz a bordo de *Cobalt*. Hay dolor en su rostro tenso. Como si estuviera luchando con algo. Así que doy un paso hacia él.

Kaishi, ¿qué estás haciendo? No provoques...

Aparto a Ignos. El Sevora no es humano. El Sevora no ha visto esta mirada antes. Pero yo sí. La vi en los ojos del sacrificio en la cima del Vaos en Damantum. La vi en los ojos de Viera antes de que se desmayara mientras cauterizaba sus heridas. La mirada de alguien esperando ser rescatado, de alguien que necesita la ayuda de otro.

No puedo resistirme a eso.

—¿Qué es él? —le pregunto al Amigga—. ¿Coorvin?

—Oh, es un Flaum. Mi cuidador. Implantado, por supuesto, para asegurarme de que puedo influenciarlo según sea necesario. Lo necesito menos con mis familiares, pero me he asegurado de que haya vivido una vida larga y fructífera. Y puede que lo necesite todavía, hasta que esté seguro de que los familiares pueden manejar cada tarea sin problemas.

Me acerco más a Coorvin, y él gira su arma hacia mí, apuntando ese ancho cañón negro directamente a mi pecho. Ignos me grita, diciéndome que diga algo, que haga algo.

Así que doy un paso rápido. Más allá del punto del arma. Coorvin empieza a girarse, pero es lento. Pongo mis manos sobre el cañón, lo agarro. El arma todavía está caliente por el disparo a Sax. Coorvin intenta alejarla de mí, pero soy más fuerte que él. Más fuerte que un viejo Flaum. No es difícil arrancarle el arma de las manos.

—Kaishi, ¿qué estás haciendo? —dice Dalachite—. Debes entender que hacerme daño no te ayudará. Seguirás atrapada en la estación. Serás prisionera aquí para siempre. Sin mí, nunca te irás. Condenarás a Coorvin también... nunca volverá a recibir comida. Otra oportunidad de volver a casa.

Giro el arma, apuntando al Amigga.

—De todos modos no ibas a dejarnos volver a casa.

Dalachite se estremece, ondulaciones recorren su piel y las conexiones con las paredes. Extrañas líneas moradas iluminan el cuerpo de la cosa de arriba a abajo, y un brillo húmedo gotea de esas líneas para cubrir a la criatura.

—Podrías simplemente acercarte, Kaishi. Terminar tu lucha ahora. Encontrar la paz. No estoy por encima de la misericordia para mis súbditos.

El Flaum, detrás de mí, hace un movimiento. Me placaja. Coorvin no es pesado, pero es suficiente para desequilibrarme. Golpeo el suelo de metal entrelazado y el arma rebota de mis manos, rodando por el borde de la pasarela.

Mientras Coorvin intenta agarrarme, lo pateo, mi pie conectando con su cara. Coorvin retrocede tambaleándose, se lleva las manos peludas a la cabeza, cierra los ojos y se sacude de un lado a otro. Me pongo de pie.

Oigo la risa de Dalachite.

—Ahora has perdido tu arma, Kaishi. ¿Qué vas a hacer, golpearme con esos puños tuyos? Me gustaría verte intentarlo. Esa es la única cosa que habría cambiado de tu especie. Pero no me preguntaron. No, no lo hicieron.

No sé de qué está hablando, e Ignos se siente igual de confundido. Aun así, tengo que encontrar alguna manera de destruir esta cosa. Entonces recuerdo. Miro detrás de mí, la puerta para salir de la cámara todavía está abierta. Retrocedo a través de ella.

—¿Huyendo? ¿O has decidido que realmente perteneces a la estación? —oigo preguntar a Dalachite mientras me voy.

No respondo.

Dentro del pasillo, veo que la segunda puerta, la que no se abrió cuando entramos por primera vez, se ha deslizado a un lado para revelar un alojamiento austero. Donde Coorvin se había estado escondiendo. En la habitación de la derecha, los suministros siguen ahí. Cajas con nombres y términos que no reconozco. Ni armas ni soluciones aquí.

Regreso a la amplia cámara donde Sax afirmó que se creaban los familiares. No está lejos, y allí, divididas en pedazos, están las barras metálicas con las boquillas. Las cosas que Sax dijo que creaban los familiares. Tomo un pedazo. Es más alto y largo que yo, pero puedo levantarlo. O me he vuelto más fuerte desde que llegué aquí, o hay algo más sucediendo.

Corro de vuelta por el pasillo, llevándolo frente a mí.

No, Kaishi. No lo hagas.

No hay tiempo para nuevos planes. Uso la barra de metal como una lanza. Me lanzo directamente a la cámara de Dalachite, manteniendo mis pies en movimiento. Coorvin reconoce lo que estoy a punto de hacer; veo su cabeza peluda sacudirse, sus patas extenderse hacia mí, pero es un segundo demasiado lento. Clavo la cabeza metálica directamente en la piel brillante y moteada del Amigga. La lanza se hunde en Dalachite, y lo oigo gritar.

Un grito que cambia, rápidamente, a una risa gorgoteante. Intento retirar la lanza, pero está atascada. Antes de que pueda reaccionar, el Amigga retuerce su cuerpo, girándose a sí mismo y la lanza, con mis manos alrededor, de modo que me levanta en el aire sobre la criatura. Me doy cuenta, entonces, de que la lanza está humeando, derritiéndose dentro del Amigga.

Su piel está recubierta de ácido absorbente. Así es como se alimentan, Kaishi.

—Inteligente, tan inteligente que te has matado a ti misma —se ríe Dalachite a través de los altavoces—. El Amigga nunca crearía una especie más inteligente que nosotros. Siempre con debilidades. Siempre con defectos que podemos explotar.

¿Crear una especie?

Intento trepar a la parte superior de mi lanza improvisada. Siento los bordes irregulares cortarme las manos mientras me agarro para subir. La barra cruje mientras el Amigga continúa derritiéndola. Me arriesgo a mirar hacia abajo; ahora solo hay un metro hasta esa bola de carne brillante y ardiente. Los restos de la lanza, mientras se desintegran, se extienden debajo de mí en una mancha amarilla pálida.

—Pero al menos funcionó. Al menos tuvieron éxito —continúa hablando Dalachite—. ¿Sabes cuánto tiempo lo intentamos? ¿Cuántas especies nos fallaron?

Otro momento, otro medio metro más cerca. Creo que si lo sincronizo bien, tan pronto como toque la piel de Dalachite, puedo saltar. La máscara debería protegerme durante ese tiempo. Eso espero. Me ajusto, amplío mi postura mientras me aferro a la parte superior de la lanza. Me preparo.

—Ha pasado mucho tiempo desde que he probado carne fresca. Un hito, además. Imagino que es la primera vez que un Amigga prueba carne humana —dice Dalachite mientras las puntas de mis dedos de los pies se balancean justo encima de su piel brillante.

Hay un destello brillante. Azul y blanco, iridiscente. Arde y hierve a través del Amigga. Volviendo la piel marrón y verde de la criatura negra y naranja mientras fríe y hace estallar su cuerpo en llamas.

Mi lanza cruje y se rompe por el calor, y me precipito al infierno hirviente.

SAX SE ESTÁ MURIENDO.

Hay un agujero quemado en su pecho, que lo atraviesa. Un minero a corta distancia y una máscara dañada son una ecuación mortal. Que se esté desvaneciendo de la existencia, con el izquierdo de sus dos corazones carbonizado hasta la nada, no es lo que molesta al Oratus.

Es el pensamiento de una misión sin terminar. Un objetivo que queda en pie.

Por eso el estrépito del minero al deslizarse por la esfera hacia él enciende una vida tenue y borrosa en los nervios de Sax. Sus ojos atraviesan el velo del dolor y lo ve, negro, abollado y raspado, pero ahí está. Al alcance de su garra media derecha. El único ruido que oye es un zumbido, un eco doloroso. El único olor es el picante chamuscado de sus propias escamas.

Su garra media se mueve en un espasmo. Agudo, corto. La energía de Sax viene así ahora. Espasmos. Pero es suficiente para que las puntas afiladas encuentren su agarre. Sin embargo, el minero está hecho para Flaum, lo que significa que Sax no tiene puntas para sus garras. El gatillo tiene forma para un dedo: redondeado y grande. Con otro tirón, Sax acerca el arma hacia sí. El metal está frío. Tan frío que a Sax le toma un segundo darse cuenta de que, de hecho, no es el metal lo que está sintiendo, sino el frío glacial de su cuerpo apagándose. Ha perdido sus piernas. No puede mover su cola. Es como una habitación iluminada que de repente se oscurece: Sax no tiene noción de cosas que antes conocía tan bien.

Pero tiene el control de una cosa. Sax mueve su garra delantera derecha, la envuelve alrededor de la parte cercana del cañón, luego, con ambas garras, balancea el arma hacia arriba para que la culata descanse contra su pecho. Esto trae consigo una sensación ondulante mientras el minero dobla y revienta sus escamas ampolladas. Hay una punzada de dolor, y Sax puede sentir que quiere desmayarse.

Dejarse ir.

Regresa a un recuerdo, su primer entrenamiento formal, cuando Sax está de pie en una fila. Hay otros cinco Oratus, cuatro a su izquierda, uno, Bas, a su derecha. Están parados en una llanura larga y plana en un planeta cuyo nombre, ahora, se difumina en la nada. De todos modos, es todo roca y polvo, un lugar abandonado hace mucho por cualquier vida notable y ahora usado, gracias a su atmósfera respirable, como base Oratus. Su escuela. Su hogar.

A lo largo de ambos lados de la llanura rocosa y bronceada se erigen altos pilares negros. De algunos se extienden protuberancias, actuando como centros para pilares más pequeños que salen como radios. Veinte en total, y zumban con el pulso audible de poder. Su maestro, un Oratus de escamas azul-verdosas, levanta una garra delantera, luego la baja. Al hacerlo, Sax, Bas y los demás, se lanzan en largas zancadas. Hasta que pasan el primer pilar. Es un sonido cacofónico y destructivo. Pulsos resonantes que hacen vibrar los nervios de Sax como una campana que suena. Sigue moviéndose, porque no hay alternativa. No hay elección para un Oratus. No hay otra manera.

El siguiente pilar lanza punzantes rayos de electricidad, que lo golpean con fuerza entumecedora. Luego hay fuego, frío, gases nocivos y cosas peores mientras pasan por las Ruedas Trituradoras. Juntos, los Oratus luchan para atravesarlas. Se abren paso hasta el final. Y cuando llegan allí, ayudándose mutuamente a ponerse de pie, el instructor azul-verdoso está esperando, y señala de vuelta por donde han venido.

Otra vez.

Y otra vez.

Y otra vez.

Sax estabiliza el minero con su garra delantera izquierda; su garra media izquierda, demasiado cerca de la explosión del minero, ha desaparecido de su conciencia, al igual que sus piernas y cola. Apoya la cabeza en el suelo metálico. No es difícil distinguir lo que hay encima de él: la pasarela enrejada, y a través de ella, la masa marrón del Amigga. También hay movimiento, deslizándose a través de la borrosa grasa de sus ojos; lo que parece plata, apuñalando hacia adelante hacia Dalachite.

La humana. Kaishi.

La especie tiene más coraje del que Sax espera. Más de lo que sugieren sus cuerpos débiles y blandos. Pero ella no sabe que no se lucha contra un Amigga de cerca. Mantente atrás. Dispara desde lejos. Ahora está atrapada. Dalachite está tomando su arma, y a la propia Kaishi.

El desarrollo no cambia el plan de Sax. Solo significa que tiene que ajustar su puntería. No quiere golpear a la humana. Así que baja el ángulo del minero. Descentrado ahora, pero una quemadura como esta debería ser suficiente.

Sax presiona con su garra media derecha, empuja y mantiene apretado el gatillo. No hay retroceso: un minero funciona con energía, y no hay retroceso allí. El rayo azul-blanco que sale, que sigue ardiendo, es hermoso. Grandioso y espectacular, y Sax lo miraría por la eternidad si pudiera.

El minero se funde a través de la pasarela, golpea la parte inferior-frontal del Amigga. El líquido que recubre la piel de la criatura se sobrecalienta, estalla en su propia llama que se extiende por toda la criatura. Las conexiones de Dalachite con *Cobalt* se marchitan y ennegrecen, la piel quemada cayendo alrededor de Sax como lluvia volcánica.

Sax se da cuenta de que todavía está apretando el gatillo y lo suelta. El mundo parece oscuro por un instante cuando el rayo desaparece, luego es reemplazado por un resplandor naranja. Como los familiares. El fuego, enemigo de la existencia espacial, parece ser un sello distintivo para Sax en esta estación. Quiere reírse de esto, pero el acto es agotador, así que se queda ahí tumbado en su lugar.

Observa.

La pasarela, aflojada al caer su conexión con el anillo exterior, comienza a desmoronarse. La bola ardiente que había sido Dalachite rueda por la pendiente, cayendo hacia Sax. Lentamente, por supuesto, ya que la gravedad aquí es una fracción mínima de lo que es incluso en otras partes de la estación, donde el giro de *Cobalt* mantiene el arriba y el abajo en existencia. Cayendo tras ella hay una forma que conoce; la humana. Las llamas se enroscan a su alrededor, la piel sin quemarse, y Sax está confundido por un momento antes de recordar su máscara.

Ella sobrevivirá. El espécimen.

Bas estará orgulloso de él.

CAPÍTULO 43

DECISIONES TOMADAS

ARDIENTE, abrasador, brillante y negro. Eso es en lo que caigo. Eso es lo que debería matarme en mi lento y retorcido descenso. Extiendo mis brazos y piernas, tratando de encontrar algún punto de apoyo mientras el mundo se enciende a mi alrededor. Cierro los ojos y espero dolor, pero no siento nada. Un ligero calor, como Ignos sobre mi piel. Sin ampollas que se forman, sin el dolor abrasador del fuego.

La máscara.

Mientras ruedo fuera del cadáver de Dalachite, que chisporrotea y burbujea mientras todo dentro de la criatura revienta y hierve, la máscara me mantiene aislado. En su lugar, veo los destellos azules, rojos, blancos y naranjas mientras asan al monstruo a mi alrededor. La pasarela sobre la que estamos descansando gime, luego se rompe y colapsa, y caigo aún más. Hacia abajo, en dirección a las rejillas de ventilación y terminales que forman las paredes esféricas de la sala.

Las extremidades de Dalachite, esas cosas largas y elásticas que van desde su cuerpo hasta los lados exteriores, se encogen, se desintegran en nubes de ceniza. En algún momento me doy cuenta de que estoy gritando, pero el crepitar y los estallidos del metal que se rompe, los susurros sibilantes de la piel que se cocina ahogan mi voz.

Logro girar para mirar hacia donde estoy cayendo, y me agarro al lado inclinado de la esfera. Las terminales son suaves al tacto, con el único punto de apoyo en los pequeños espacios entre las pantallas.

Me deslizo, lentamente, hacia el fondo. Trozos ennegrecidos de metal y cosas que no reconozco caen a mi alrededor. Se adhieren a la máscara, a mí.

Entonces termina. Todo se asienta. Trozos ardientes de vísceras y escombros cubren el fondo de la esfera. Distingo algo en medio de todo eso. Un cuerpo grande. El Oratus, Sax. Está ahí tendido, con sus garras derechas sosteniendo el arma de Coorvin, en silencio absoluto.

Veo la amplia quemadura en su torso, y otras heridas que marcan su piel. La criatura ha tenido momentos difíciles. No sé qué se necesita para matar a una de estas cosas, pero ciertamente parece que Sax ha alcanzado ese punto.

—¿Estás vivo? —la voz viene de arriba. Coorvin, la extraña cosa cubierta de pelo, el que se había estado sujetando la cabeza, aparentemente incapaz de hablar, me mira fijamente desde el borde junto a la puerta.

Donde la pasarela se había conectado una vez, un recuerdo marcado por un conjunto dentado de vigas y barras rotas.

—No lo sé —digo.

Porque la verdad es que no sé qué está pasando. Puedo sentir mi respiración, puedo sentir el lado de la esfera a través de la máscara, y creo que, tal vez, no estoy en peligro.

Lo estás. Sin Dalachite, Cobalt morirá lentamente. Necesitas salir de la estación.

Ignos me sacude de vuelta. Todavía está en mi mente, y

habla con claridad, pero salir de la estación significa salir de aquí, volver a la lanzadera.

—¿Tienes alguna forma de subirme? —le pregunto a Coorvin.

La pequeña criatura mira alrededor, luego de vuelta a mí. Sacude la cabeza.

—¿Puedes saltar? —pregunta Coorvin.

No había considerado dar un salto hacia el borde. Todo parece flotar aquí, así que podría lograrlo. Para intentarlo, necesitaré llegar al otro lado de la esfera. De vuelta hacia Coorvin. Así que camino, un pie tras otro, pasando por encima de los trozos rotos y retorcidos.

Pasando por encima de Sax.

Noto algo, mirando hacia abajo a esas escamas grises, a las rejillas de ventilación que recorren su pecho. Está temblando. Sus garras se mueven ligeramente. ¿Está vivo el Oratus?

No importa. Déjalo.

Ignos me había enviado en la misión de encontrar y matar a los dos Oratus. Afirmó que eran una amenaza mortal para mí y mis amigos. Sin embargo, Sax me salvó la vida. Destruyó a Dalachite antes de que me devorara, había intentado ayudar a Malo y Viera.

Antes de pensarlo realmente, me inclino, agarro las garras del Oratus con mis manos y tiro. Sax es como un gran tronco. Si estuviéramos en casa, estoy seguro de que no podría moverlo, pero aquí se desliza muy ligeramente por el metal liso, arrastrando ceniza con él mientras avanza.

—Coorvin, necesito ayuda —grito—. Todavía está vivo.

Esto agita a la criatura peluda, que observa mientras arrastro a Sax cerca del lado inclinado hacia arriba. La parte de la esfera debajo del borde. Estoy casi allí cuando comienzan a sonar ruidos; sonidos agudos y metálicos, antinaturales y extraños, y cuando miro alrededor, no puedo encontrar la causa.

—¡Alarmas! —grita Coorvin—. Sin Dalachite, los sistemas de Cobalt no pueden funcionar. ¡Tenemos que irnos ahora!

—¡No sin el Oratus! —respondo, y le pregunto a Ignos de qué "sistemas" está hablando Coorvin.

Hay innumerables que pueden necesitar mantenimiento constante. Ese sonido podría significar algo simple, como un familiar pidiendo una orden. O algo peor, como un drenaje de oxígeno que necesita reparación antes de que el vacío nos succione a todos. O una corrección de curso antes de que un trozo de escombros espaciales a gran velocidad corte la estación por la mitad.

Eso no suena bien. Miro a Sax, inerte. Si Coorvin no puede encontrar algo pronto, tendré que dejar al Oratus. Me ayudó, pero Sax también es la razón por la que estoy aquí en primer lugar.

Veo una forma, si estás decidido a salvarlo.

¿Una forma?

Los Oratus se drogan antes de las peleas. Es asqueroso, pero funciona. Parece que este todavía tiene la suya, adherida a la máscara ahí. Es una pequeña caja, chamuscada por fuera. Abajo, cerca de la cintura de Sax.

Me inclino, abro la parte superior con mis dedos. Dentro hay lo que parece un contenedor transparente con un sello negro y liso, uno que necesito una forma de perforar. La respuesta me llega en forma de un trozo de metal dentado. Lo agarro, clavo el trozo a través del sello hasta que está cubierto con la extraña sustancia. Lo saco. Parece manchado, como savia de árbol.

Creo que se lo comen.

Lo sostengo cerca de la boca de Sax, pero está firmemente cerrada.

He visto, mientras crecía, animales salvajes y personas jugando con ellos. Las criaturas mordían sin previo aviso, atacaban y arañaban, incluso si segundos antes estaban dormidas. Sé lo que se esconde detrás de los labios de Sax: todas esas hileras de dientes aterradores, y aunque Sax no lo pretenda, podría arrancarme la mano de un mordisco.

Pero si no encuentro alguna manera de despertarlo, morirá.

Empiezo a empujar, a intentar abrir. Los labios de Sax son blandos, pero con un poco de fuerza, su mandíbula se mueve. Como apartar una rama gruesa. Veo las hileras y hileras de dientes, y al fondo, una larga lengua retorcida enrollada sobre sí misma.

Meto el metal, lo froto contra la lengua. Intento ser cuidadoso, pero el metal es pequeño, estoy nervioso, se resbala entre mis dedos, y veo una línea roja donde corta. Los ojos de Sax se abren de golpe, y yo me echo hacia atrás bruscamente. Caigo y golpeo el lado de la esfera. Me sostengo y observo cómo el Oratus se estremece.

Sax parpadea rápidamente, su garganta emite cortos sonidos sibilantes, y luego escupe el metal.

Ambos nos quedamos ahí tumbados, respirando por un momento, luego el Oratus me mira.

—No puedo mover mis piernas —sisea el Oratus, y gotas de sangre caen de entre sus labios mientras habla—. Tienes que tirar de mí.

—No tengo la fuerza —digo.

—Usa el Stim —responde Sax.

Se oye un golpeteo desde arriba. Es Coorvin, y está arrastrando una caja de suministros. La deja caer, y flota hacia mí. Llega a descansar en el suelo de la esfera. Antes de que pueda preguntar qué está haciendo, Coorvin se va corriendo de nuevo. Me vuelvo hacia el Oratus. Su garra está apoyada en su paquete de Stim, y observo cómo rompe el sello, hundiéndose profundamente, brillando cuando sale.

—Acércate —dice Sax.

No quiero hacerlo. No sé qué me va a hacer esa droga, pero ¿cuáles son mis alternativas? ¿Morir aquí?

Así que me arrastro sobre mis manos y rodillas para evitar resbalar en el metal. Sax extiende la garra hacia mí, la mantiene firme, y yo la lamo. De la misma manera que lo haría con una caña de azúcar. De la misma manera que podría obtener el último jugo de un melón partido. La sustancia sabe dulce, estalla en mi boca.

Y entonces soy un nuevo ser humano.

CAPÍTULO 44

RESURGIMIENTO

SAX OBSERVA cómo la humana toma el Stim. No está seguro de cómo reaccionará el cuerpo de la criatura. Es una dosis pequeña, apenas suficiente para que un Oratus supere una pelea rápida. Sin embargo, estas especies, si las pruebas del Amigga son correctas, solo tienen un corazón. Sus cuerpos son más pequeños, frágiles. Lo último que Sax quiere ahora es que Kaishi explote. Que sus músculos se contraigan demasiado rápido y fuerte, y se rompan o se salgan de control. Ya ha visto eso antes con los Flaum, aquellos que pensaban que podían encontrar una ventaja abusando del poder del Stim.

Otros Flaum tuvieron que limpiar el desastre que dejó ese experimento.

Los ojos de Kaishi parpadean rápidamente durante unos segundos, luego se cierran mientras se estremece, pero parece mantenerse con vida. Se oye otro crujido cuando una segunda caja cae, apilándose contra la primera. Sax entiende lo que está haciendo Coorvin: crear una escalera, escalones del tipo que el Oratus y la humana pueden usar para salir de la esfera. Kaishi, con el Stim, aún necesitará empujar a Sax hacia arriba.

—Ahora tira —dice Sax—. Arrástrame hasta las cajas y luego levántame.

Kaishi asiente, luego extiende la mano, agarra su antebrazo y comienza a arrastrar a Sax. El Oratus ayuda cuando puede, usando su cola y sus garras medias para impulsarse. Juntos llegan hasta las dos cajas que Coorvin ha dejado caer mientras el Flaum empuja una tercera.

Están apoyadas una sobre otra, con la base empujando contra la mayor parte de la pasarela derrumbada en el fondo de la esfera.

Kaishi usa las cajas, agarrándose a una y luego a otra, y tirando de sí misma, y luego de Sax tras ella, hasta que están en la parte superior de la pila. Ahora están a solo dos metros por debajo del borde donde Coorvin está de pie, observándolos.

Sax hunde sus garras en las caras planas de las terminales en el lado frente a ellos. Destroza sus pantallas, perfora las placas de metal gris e intenta trepar, pero incluso con el Stim, sus brazos tiemblan; apenas puede sostenerse, lo que significa que levantarse está fuera de discusión.

Debajo de él, Kaishi empuja. Impulsa a Sax hacia arriba hasta que el Oratus logra, con un estiramiento de sus garras delanteras, agarrar el borde de la cornisa. Coorvin se apresura, agarra la garra delantera derecha de Sax con sus manos y tira. La fuerza es tan patética que Sax quiere reír, pero toda ayuda es bienvenida.

—Trepa por mí —sisea Sax a Kaishi, quien, después de dudar un momento, obedece.

Salta sobre la cola de Sax y trepa por el cuerpo del Oratus. Sax recibe un pie en la cara sin quejarse. Sin arrancárselo de un mordisco.

Una contención que Bas admiraría.

Kaishi llega al borde, se gira y lo mira, extendiendo una mano.

—Si intento alcanzarla, me caeré —sisea Sax.

—¿Tienes una mejor idea? —responde Kaishi.

—Mi cola —dice Sax—. Prepárate para agarrarla.

Kaishi se tumba, con el pecho sobre el borde. Coorvin se mueve cerca de ella, con las manos listas. Sax balancea su cola de izquierda a derecha, de un lado a otro, cada vez más lejos, ganando impulso, y luego, moviéndose hacia la derecha, Sax suelta su garra delantera izquierda, permitiendo que su cuerpo se balancee con la cola. Kaishi y Coorvin tiran mientras Sax gira, raspando el pecho de Sax contra y sobre el borde de la cornisa. Sax aprieta su garra delantera derecha y la garra media mientras Kaishi y Coorvin corren y sostienen su cola, tirando del Oratus el resto del camino hasta la plataforma.

Ya está arriba.

Lo que deja espacio para la siguiente crisis.

Las alarmas son ensordecedoras ahora, y vienen en mil tonos y ritmos. Las terminales que quedan parpadean en rojos y amarillos. El propio *Cobalt* parece estar temblando. No pueden quedarse aquí. Sax se impulsa sobre su cola. Todavía no puede sentir sus piernas, y mira hacia abajo para confirmar que existen. Kaishi y Coorvin se colocan bajo sus garras medias, sosteniendo al Oratus sobre sus hombros. Juntos, los tres caminan desde la esfera y dejan a Dalachite en su lugar de descanso final.

Avanzan pesadamente por el pasillo, a través de la habitación donde se crearon los familiares, y dos de las cámaras más allá. Hasta que llegan a una puerta sellada, junto a una pantalla ahora arruinada que Sax recuerda mostraba el progreso de los experimentos del Amigga.

Sax tiene suficiente fuerza para esto, con el Stim aún pulsando en su sangre. Toma sus cuatro garras y las hunde en los lados de la puerta.

—¡Tirad de mí! —sisea Sax.

Kaishi y Coorvin empujan al Oratus con fuerza, y Sax añade lo que puede de su propia fuerza muscular. Las garras desgarran el metal, y la puerta cae hacia él para mostrar, al otro lado, a dos humanos. Uno, Malo, aún está envuelto en barras sobre la mesa. La otra, Viera, sostiene los restos de otra barra como una especie de arma, con los ojos salvajes y lista para golpear.

—¡Kaishi, estás viva! —grita Viera.

Pero el rostro de la humana cambia cuando ve a Sax desplomarse, con los ojos cerrados, en el suelo.

CAPÍTULO 45

DEJÁNDOLO ATRÁS

LEVANTO A SAX DE NUEVO, con Viera ayudándonos a Coorvin y a mí. Lo arrastramos hasta el cuerpo de Malo y, aunque Sax parece estar apenas vivo, usamos sus garras como cuchillos para cortar el metal que mantiene atado a Malo. El guerrero Charre se levanta de un salto y me reemplaza bajo Sax, compartiendo la carga con Viera.

—¿Qué pasó? —pregunta Viera, y le digo que los pondré al tanto mientras avanzamos.

El camino a través de la estación es lento. De vez en cuando nos encontramos con familiares; sobrantes, de un azul simple, silenciosos e inquietantes. No reaccionan, no se mueven ni nos notan. Pasamos por la cocina, y no hay comida lista para servir. No hay señales de violencia. No volvemos a nuestros cuartos, no hay nada que valga la pena agarrar allí. Solo vamos al muelle de acoplamiento. A la lanzadera, a nuestra escapatoria.

La evidencia de la estación fallando se manifiesta en luces parpadeantes, en puertas cerradas que sellan pasajes y brillan en rojo. Los sonidos hacen eco de un lado a otro por los pasillos, resonando entre sí en una disonancia inquietante que me hace desear los gritos naturales de la selva de mi hogar. Yo sabía lo qué esos significaban. Estos ruidos son extraños y aterradores.

Sax, inerte y al borde de la muerte, sisea cosas extrañas. Cosas sobre suministros de energía y reacciones inestables.

—¿Sabes de qué está hablando? —le pregunto a Coorvin.

—Como todas las estaciones, *Cobalt* requiere energía modulada. La mayoría del tiempo puede funcionar por sí sola, pero Dalachite ha estado haciendo tantos cambios que la estación podría no sobrevivir sin su guía. *Cobalt* podría estar desmoronándose.

—Kaishi, deberíamos dejarlo e irnos —dice Viera, su respiración es débil. Había olvidado que casi muere no hace mucho.

—Él me salvó, Viera —respondo—. Se lastimó intentando salvarnos. No lo vamos a abandonar.

—El honor exige que lo ayudemos —añade Malo.

Eso mantiene a Viera callada, nos mantiene a todos en movimiento hasta que llegamos al muelle de acoplamiento. Hasta que llegamos a la ruina. Recostada contra la lanzadera está Bas, con dos mineros en sus garras medias, descansando en medio de una horda de familiares quemados y rotos. Bultos carbonizados de sustancia azul marcan el final de una dura pelea. Bas tiene su cuota de heridas; está sangrando por cortes, y muchas de sus escamas rosa dorado han sido arrancadas, dañadas. Sin embargo, cuando entramos, levanta un minero hacia nosotros.

—¿Vive? —Sus siseos son débiles, cansados.

Doy un paso adelante.

—Está vivo. Me salvó, y matamos al Amigga.

Bas me da un lento asentimiento.

—Me di cuenta cuando dejaron de venir.

—¿Qué pasó aquí? —pregunta Malo.

—Tuve que mantener la lanzadera a salvo. Es nuestra única forma de salir de la estación.

Tómala. Puedo decirte cómo volar. Deja a los Oratus. Te matarán tan pronto como se recuperen.

Parpadeo.

Te llevaron antes. ¿Qué crees que pasará ahora? No te dejarán ir. Te llevarán a otro lugar. A algún lugar peor que este.

De repente me siento mal. Dividida. Mis ojos encuentran los de Viera y Malo, y están esperando mi decisión. Esperando que les ayude a llevar a Bas y a Sax a la lanzadera.

Pero creo que Ignos tiene razón. Cualquiera de ellos, Sax o Bas, podría matarnos a todos por sí solo. O llevarnos a otra estación como esta. Recuerdo las sesiones, recuerdo el dolor, el terror.

Puedo llevarte a casa, Kaishi. A todos ustedes.

—Coorvin —miro al Flaum—. ¿Hay otras formas de salir de la estación?

—Hay varios módulos de evacuación —responde Coorvin—. Pero no sé por qué querrías usarlos teniendo esta lanzadera justo aquí.

¿Ves? No hay necesidad de correr el riesgo.

—Vamos, muévanse —digo. Viera y Malo van a levantar a Sax, pero niego con la cabeza. Oigo un siseo agudo y veo que Bas tiene su minero apuntado hacia mí—. Lo siento. Puedes intentar matarnos ahora si quieres, pero nos vamos en esa lanzadera.

—¿Kaishi? —pregunta Malo—. ¿Qué estás diciendo?

—Ignos tiene razón. Hay un riesgo, Malo. Los Oratus nos trajeron aquí, no nos dejarán ir. Si queremos volver a casa, entonces no podemos llevarlos con nosotros. Coorvin dice que hay otras formas de salir de la estación. No necesitamos llevarlos.

—No puedo dejarlos ir —dice Bas—. No con esa cosa en tu mente.

Levanta el minero, aprieta el gatillo, pero nada sucede. Está vacío. Bas ni siquiera parece sorprendida, solo derrotada.

—Lo siento —digo, y luego Viera, Malo y yo nos dirigimos hacia la lanzadera. Subimos la rampa de abordaje, que, con Ignos diciéndome cómo, cierro, dejando atrás a nuestros secuestradores.

CAPÍTULO 46

AL ESPACIO

SAX NO PUEDE PROTESTAR mientras los humanos pasan junto a él hacia la lanzadera. Observa, con los nervios temblando, intentando establecer contacto con sus piernas. La rampa de la lanzadera se desliza hacia arriba, y poco después un zumbido llena el aire cuando los motores de la nave se encienden.

—Los has dejado ir —dice Sax de un tirón a Bas.

—El minero se quedó sin carga —responde Bas.

—Tenías otro.

—¿Para hacer qué? —dice Bas, aún apoyada contra el soporte de la lanzadera—. ¿Herirlos? ¿Matarlos?

—¿Mantenerlos aquí?

—No habrían venido con nosotros voluntariamente. Habrían muerto, y entonces todo esto habría sido inútil. Sabemos a dónde van. Podemos seguirlos.

Bas tiene un buen punto. Si están regresando al planeta de los humanos, será bastante fácil encontrarlos. Rastrearlos de nuevo. Pero eso significa que los Oratus tienen que vivir lo suficiente para hacerlo.

La lanzadera se sacude y los soportes comienzan a

moverse. Bas cae al suelo cuando su apoyo se retira. Deja caer sus mineros y se arrastra hacia Sax. Quien, a su vez, con la ayuda de Coorvin tirando de él, se dirige hacia la puerta de salida de la bahía. Tienen que irse antes de que el escudo magnético baje para la lanzadera. Antes de que el vacío los succione al espacio.

Quien sea que pilotea la nave no es un piloto experimentado: la lanzadera sube lentamente, se eleva un metro o así del suelo antes de hacer un perezoso giro. Tiempo de sobra para que Coorvin, Sax y Bas lleguen a la puerta y la atraviesen. Para cerrarla de golpe y quedar sellados en el pasillo.

Hay un familiar de pie allí, mirándolos, inmóvil.

—Los módulos de evacuación están por aquí —dice Coorvin.

El Flaum no parece perturbado en lo más mínimo porque Kaishi se llevó la lanzadera. Aunque, después de haber pasado tanto tiempo en la estación, Coorvin podría estar simplemente feliz de irse, sin importar cómo.

Hay un retumbo bajo, un estruendo debajo del continuo sonido de las alarmas, mientras la lanzadera sale disparada por la bahía.

—Estamos en el espacio profundo —dice Sax—. ¿No hay planetas habitables alrededor?

—¿Sabes cómo era con Dalachite? —dice Coorvin, su voz alta y temblorosa, pero de alguna manera solemne—. Esa cosa dominaba la estación. Ahuyentó al personal y lo reemplazó con familiares. Experimentó con todos nosotros, y casi me arrebata la mente. Ahora soy libre de ir a buscar un nuevo lugar. De salir de la estación. Los módulos de evacuación nos dan una oportunidad, así que voy a aprovecharla. Estáis invitados a venir.

—Entonces vamos —sisea Sax.

Se dirigen a través de la estación hacia los módulos de evacuación. El olor a ozono y a electrónica quemada llena el aire. *Cobalt* se está desmoronando sin Dalachite, su corazón y alma.

—¿Qué quería el Amigga? —pregunta Bas a Coorvin mientras avanzan.

—Dalachite no era el único que buscaba estas cosas —Coorvin se estremece mientras habla, mientras camina—. Se comunicaban. Todos los Amigga. Los familiares son una prueba, una forma de eliminar la necesidad de nosotros.

—¿Nosotros?

—Las especies son impredecibles, me dijo Dalachite. Necesitan, quieren. Los familiares no tienen ninguna de esas cosas. Obedecerán sin cuestionar, y a gran escala.

—¿Entonces por qué no máquinas?

—No lo sé —responde Coorvin—. Realmente no tenía conversaciones con Dalachite. Más bien me despotricaba.

Llegan al trío de puertas circulares, cada una conduciendo a su propio módulo de evacuación. Coorvin los lleva al de la izquierda, pulsa el panel, y la puerta se desliza para abrirse. Dentro hay un par de bancos y muchos paquetes atados llenos de raciones y agua. Suministros médicos. Suficiente para durar bastante tiempo. Entran, Sax y Bas trabajando para acomodarse de la manera menos dolorosa posible, abriendo los paquetes de ungüentos curativos, vendas y comenzando a repararse para volver a la vida.

—¿Listos? —dice Coorvin.

—Lánzanos —sisea Sax.

Con unas rápidas pulsaciones, el módulo queda herméticamente cerrado, y un segundo después salen disparados hacia el espacio.

CAPÍTULO 47

UN ÚLTIMO SALTO

MIRO hacia el infinito negro y me doy cuenta de que no tengo idea de lo que estoy haciendo.

Bajo mis manos hay una serie de terminales no muy diferentes a las que vi en la cámara de Amigga. Pantallas que muestran gráficos y lo que parecen mapas. Una de ellas desplaza un mensaje lleno de nombres que no conozco ni entiendo. De alguien llamado Evva. Ignos me dice que lo ignore. Que ignore todo excepto una única pantalla en el extremo derecho. Tengo que dar un paso hacia allá para alcanzarla, ya que está claro que la lanzadera está diseñada para brazos más largos y cuerpos más grandes. Malo y Viera, detrás de mí, miran alrededor atónitos.

No puedo imaginar cómo sería esto sin una voz en mi cabeza explicándolo todo.

Esta es la parte que necesitamos usar. Establece la trayectoria del salto. Un plegado del universo alrededor de la nave para movernos a donde necesitamos ir.

Aunque, pensándolo bien, quizás tener una voz en tu cabeza no ayude tanto.

Voy a darte una serie de números, y necesitas ingresarlos exactamente como te los diga.

Parte de la pantalla contiene una serie de círculos con números dentro, del cero al nueve. A la izquierda del teclado numérico hay lo que parece una esfera brillante de puntos luminosos. Cosas que, si las dispararan en el cielo nocturno, se parecerían a las estrellas que Ignos dice que son. Ignos lee los números, y no sé de dónde los está sacando, pero los ingreso de todos modos. Presiono mi dedo en los pequeños círculos que representan cada dígito. A medida que completo la entrada, las estrellas en la pantalla comienzan a moverse. A acercarse y reducirse hasta que se representa una región aislada. Claramente es un mapa, aunque no estoy segura de qué.

La galaxia, Kaishi. Lo que yace más allá del cielo de casa.

Un hogar al que volvemos. Me giro hacia Malo y Viera. —He ingresado las direcciones que Ignos me dio —digo—. Vamos a casa.

Deberían abrocharse.

Miro alrededor. No hay una forma clara de hacer eso. No hay asientos, ni nada a lo que agarrarse. El puente solo tiene suelo de baldosas metálicas y terminales.

Primero tienes que presionar el botón.

Vuelvo a mirar la pantalla, y el teclado numérico se ha transformado en dos bloques cuadrados de color. Uno verde, el otro rojo.

El verde.

Lo toco, y se escucha un agradable timbre. La amplia ventana se vuelve gris, y luego aparece un gran número 10. Comienza la cuenta regresiva. El suelo bajo mis pies y el techo sobre mis manos giran, y una red negra brillante cuelga desde arriba, mientras gruesas barras se deslizan sobre y a través de pares de baldosas en el suelo.

Debes ponerte entre ellas.

—Pongan sus pies debajo de las correas —digo, metiéndome en las mías.

Cuando deslizo mi pie entre dos de las baldosas con correas, una luz verde brillante parpadea, y luego la correa se ajusta hasta que casi duele, fijando mi pie al suelo. Lo mismo sucede con mi otro pie cuando lo meto.

Sobre mí, la red se desliza hacia abajo. Se ajusta a mí; moldeándose alrededor de mi espalda. Siento algo que hace clic detrás de mis pies. Es casi como si estuviera de pie en una hamaca, una comodidad que a veces tenía en casa: gruesos tejidos de musgo colgados entre dos árboles.

El contador llega a cero.

—¿Esto es lo que hicimos antes, no? —le pregunto a Ignos.

No tiene tiempo de responder. El universo se deforma y se divide. Mi estómago se desliza dentro y fuera de sí mismo, mi cabeza estalla con confusión resonante. El gris frente a mí se vuelve un amplio blanco, luego un arcoíris de color salpica, como si estuviera girando rápidamente a través de una habitación de flores. Se desvanece igual de rápido, vuelve al negro. A una extensión llena de estrellas, un círculo gigante y completamente bronceado frente a nosotros, con jirones de gris esparcidos sobre su superficie.

Estoy respirando con dificultad, pero volver de este salto no es el desastre del primero. Estoy lista en unos segundos. Incluso Viera y Malo no están llorando. No están entrando en pánico, aunque noto que los puños de Viera están apretados contra la red.

¿Es esto? ¿Estamos en casa?

Por supuesto.

Para sobrevivir en un mundo alienígena, Kaishi debe decidir si confiar en la criatura dentro de su mente o rechazarla y arriesgarlo todo para luchar por su libertad.

Continúa la aventura de Kaishi con *El Amanecer de la Claridad*:

AGRADECIMIENTOS

Esta novela es el producto de mi familia y amigos que se negaron a dejar morir un sueño. A mi esposa Nicole, por permitirme escribir en las primeras horas de la mañana y asegurarse de que no muriera de hambre. A mis hermanos y padres por sus continuos comentarios, apoyo y entusiasmo.

Y, por supuesto, a ti, el lector, por darme una razón para escribir.

SOBRE EL AUTOR

A.R. Knight teje historias en una casa fría en Madison, Wisconsin, principalmente dominada por un par de gatos. Después de verse arrastrado por la rutina laboral durante la crisis económica de 2008, se encontró volando a través del espacio y viviendo grandes aventuras durante aburridas reuniones.

Con el tiempo, dedicándose a los podcasts, guiones, cuentos y otras novelas, encontró una historia en la que podía sumergirse y un elenco de personajes tanto entretenidos como llenos de corazón.

¡Gracias, como siempre, por leer!

Para más información:
www.adamrknight.com

Para Anna y Elsa, las gatas cuyos mantos de pelo esponjoso mantienen cálida la escritura invernal

www.ingramcontent.com/pod-product-compliance
Lightning Source LLC
Chambersburg PA
CBHW022127310726
48972CB00007B/2231